Angelika Overath

Fließendes Land

Angelika Overath

Fließendes Land

Geschichten vom
Schreiben und Reisen

Luchterhand

Compose. (No ideas
but in things) Invent!

William Carlos Williams

für Urs Birchler

I Fegefeuer

Kirschbäume und frühe Zweifel

Dann aber war der Sommer käuflich geworden. Käuflich wie ein schöner Kirschbaum in einem großen Garten. Ein tschechischer Schulfreund, Sohn einer alten, bei der Niederwerfung des Prager Frühlings nach Deutschland entkommenen Arztfamilie, hatte sie mitgenommen in das Anwesen von Freunden. Es galt, den Baum abzuernten, und so verbrachten sie, zwei muntere Abiturienten, einen halben Tag, zupfend, essend, tschechische Verse ins Deutsche balancierend, in einer Weltenkrone aus grünen Blättern und glanzroten Früchten. Es waren Herzkirschen von außerordentlicher Qualität, wie sie auf den sorgfältig beschnittenen Bäumen im Badischen gelangen, groß und süß aufgeschossen in der feuchten Hitze der Rheinebene. Schwer lag ein Kirschenpaar in der Hand, das eben noch an den elastischen Stielen wippte.

Und doch umgab die nicht zu steigernde Pracht des Kirschbaums ein beinah frivoler Anhauch, etwas seltsam Falsches, das schwer zu bestimmen war. »Warum ernten sie ihn nicht selber ab?« hatte sie damals gedacht, als genieße sie hier eine fremde Lust. Unter sich sah sie das helle Grün eines bürstenschnittigen Rasens, auf dem nun dunkle Kirschbaumblätter und Zweiglein lagen, als müßten sie aufgekehrt werden.

In der Neubausiedlung am Stadtrand, in der sie wohnte, gab es Grünstreifen zwischen den Häusern, die davon ablenken sollten, daß hinter den Mietblocks das Brachland begann. Ungeachtet der nicht privilegierten Wohnlage trugen die Straßen Märchennamen; sie wohnte im Dornröschenweg. Tatsächlich hatte es hier einmal eine Zeit geheimer Fülle gegeben, die mit dem ungenutzten Land und einigen aufgelassenen, von wucherndem Brombeer- und Schlehengebüsch gesäumten Gärten zu tun hatte. Damals, in den Monaten der Vorbereitung auf die Erstkommunion, in die auch ihre erste Menstruation fiel, radelte sie oft nachmittagelang an den mäandernden Altrheinarmen entlang oder streunte durch einen der verlassenen Gärten, nicht um wirklich zu spielen, wie früher, das ging nicht mehr, sondern nur um fort zu sein. Sie sammelte etwas auf, schnitzte an einem Stock herum oder hockte in ihrem Lieblingsbaum, einem verwachsenen Kirschbaum mit blinden Seitenästen, von denen leicht einer brach.

Eines Nachmittags, es war Frühling, und ihr Baum trug seine ersten kümmerlichen Knospen, sah sie einen Jungen kommen, der nicht in die Siedlung gehörte. Er mußte aus den Baracken sein, die hinter dem Brachland begannen. Dort wohnten kinderreiche Familien, die Sozialhilfe bezogen; in der Neubausiedlung waren sie, in kühner Überschätzung des sozialen Abstands, als die »Asozialen« bekannt. Manchmal standen dort neben den Baracken auch Zigeunerwagen, man witterte den in der Ferne verwischten Schein von Feuer, Hunde bellten. Den Kindern der Siedlung waren die Baracken ein Ort von Verbot und Verheißung. Manchmal fuhren sie mit ihren Rädern an den Bezirk, wo jene Pisten begannen, die schon beim leichtesten Regen verschlammten. Das eine oder andere Kind von dort ging, zumindest zeitweise, mit ihnen zur Volksschule. So gab es ein dunkelhäutiges Mädchen, das unter dem Wort »Bastard« weinend im Pausenhof stand. Als der Junge sie im Baum bemerkte, rief er etwas, das sie nicht verstand. Sie war auf der Hut. Sie besuchte jetzt die erste Klasse eines dominikanischen Mädchengymnasiums in der Stadt, und hätte man sie gefragt, ob sie morgen für Jesus Christus sterben wolle, wäre sie nickend einfach mitgegangen. Sie war elf Jahre alt, er war, wie er später sagen würde, dreizehn. Sie kam vom Baum herunter. Sie fand sich gescheit, und sie wollte nicht mit einem dummen Jungen sprechen. Ob er schon bruchrechnen könne? Sie gab ihm einen Stock in die Hand, säuberte mit dem Fuß ein Stück Boden unter dem Kirschbaum und ließ ihn rechnen. Er schrieb zügig Zahlen in den Sand. Sie registrierte sein Tempo, war aber im Rechnen nicht sicher genug, um prüfen zu können, was er tat. Er lachte, warf den Stock fort, fuhr über die glatte Rinde des Kirschbaums und hangelte sich mit einem Klimmzug in die erste Astgabel. Dort drehte er sich um, zog sein Hemd aus und warf es ihr zu. (Noch Jahre später sollte sie diese Geste beschäftigen.)

Sie fing das Hemd auf. Und während er mit magerem Oberkörper weiter in den Kirschbaum hinaufkletterte, stand sie da, das bubenwarme karierte Flanellhemd in der Hand, hob es an ihr Gesicht und roch daran.

Erkenntnis war ein Atemzug. Sie hatte das Hemd auf die Brombeerhecke geworfen und war davongerannt.

Zu Hause in der offenen Badezimmertür stand die Mutter, über eine Plastikschüssel geneigt, und drehte tropfende Putzlappen. Sie sah aus wie eine alte Frau. Natürlich gebe es Gott, antwortete die Mutter, richtete sich auf und wischte mit ihren kleinen Händen über das bunte Würfelmuster der Kittelschürze. Die Tochter aber brauchte die Antwort nicht mehr.

Handtaschen

Später habe ich es wieder in Budapest gesehen, in der Straßenbahn. Dort war es wie früher. Früher hatten die Straßenbahnen in unserer Stadt noch lange, hell lackierte Holzbänke. Früher, das war so lange nach dem Krieg, daß die Menschen schon wieder etwas waren. Da saßen die Frauen und hielten mit beiden Händen ihre Handtaschen auf ihren geschlossenen Knien fest. Es war, als drückten sie ein Siegel auf ihren Schoß, als schützten sie ihr Geschlecht. Oder es war, als ob all diese Frauen keine Genitalien hätten, dafür aber Handtaschen. Vielleicht aber waren die Genitalien der Frauen in ihre Handtaschen gerutscht. Jetzt saßen sie da und hielten sie fest wie etwas, das man sauer erspart hat und das einem deshalb nicht weggenommen werden durfte. Männer saßen nie so da. Auch Männer nicht, die die Handtaschen ihrer Frauen trugen.

Damals, als der Krieg gerade so lange vorbei war, daß die Menschen wieder etwas sein konnten, damals gab es Männer, die die Handtaschen ihrer Frauen trugen. Am gebogenen Henkel. Nach dem Einsteigen in die Straßenbahn gaben sie sie ihren Frauen zurück.

Handtaschen gehörten zum Sonntag; sie hatten etwas mit der katholischen Kirche zu tun wie der Schoß. Hoch über der Kanzel trug Maria einen himmelfarbenen Zeltmantel. Sie breitete den Mantel aus und umschloß die ganze Christenheit. Vermutlich war Maria die blaue Handtasche Gottes.

An manches darf sich ein Kind nicht erinnern, weil ein Kind zu seinen Eltern gehört. Deshalb weiß es vor allem, was sich nicht gehört. Bei den Dominikanerinnen in der Klosterschule wurden wir angehalten, aus weißglänzendem Bastfaden ein Operntäschchen zu häkeln. Ich war damals ungefähr neun Jahre alt und noch nie in der Oper gewesen. Ein Verschlußbügel mußte eingenäht werden, mit dem die Tasche durch einen Fingerdruck zu öffnen war. Ich fand dieses sogenannte Operntäschchen häßlich und habe es, als ich später ins Theater oder in die Oper ging, nie benutzt. Meine Mutter hat das weißglitzrige Häkelding manchmal genommen. Sie fand es reizend. Ich fand es in ihrer Hand besonders häßlich. Wenn überhaupt, habe ich damals gedacht, dann kann es ein Kind, höchstens noch eine junge Frau tragen.

Dieses Operntäschchen faltete sich auf wie Schamlippen und der Schnappverschluß saß in der Mitte wie eine verrutschte Klitoris. Damals bei den Dominikanerinnen war mir die Bildlichkeit nicht so deutlich gewesen, aber ich erinnere mich genau an ein Gefühl von Peinlichkeit, weil wir solche weißbräutlichen Täschchen häkeln mußten und mit Seidenstoff ausfüttern, so handlich klein, daß gerade ein Opernglas hineinpaßte. Niemand von uns besaß ein Opernglas.

Seit langer Zeit bin ich selbst Mutter. Meine große Tochter hat die Biographie von Marlene Dietrich, geschrieben von deren Tochter Maria Riva, wiederholt gelesen; das dicke

800seitige Taschenbuch ist ganz zerfleddert. Meine Tochter erzählt mir daraus folgende Geschichte:

Marlene Dietrich wollte den Abschluß der Dreharbeiten zu »Die scharlachrote Kaiserin« feiern, und da der Film in Rußland spielte, beschloß man, russisch essen zu gehen. Mit von der Partie waren neben der Schauspielerin und ihrem Mann, den sie seit der Geburt ihrer Tochter »Papa« nannte, auch Tami, das Kindermädchen, die zugleich die Geliebte des Mannes war, und Tochter Maria und der bunte Foxterrier. Die extravagant gekleidete Gruppe fiel im Restaurant sofort auf. Borschtsch wurde bestellt und serviert. Bald bemerkte die Tochter den nervösen Blick ihres Vaters. Zunächst meinte sie noch, er richte sich auf ihre Limonade, die immer ganz frisch sein mußte. Die Limonade war aber in Ordnung. Schließlich zischte der Vater: Wo ist das Schwarzbrot? Er hielt unbedingt darauf, weltläufig genug zu sein, um zu wissen, daß zu Borschtsch Schwarzbrot gehört. Der Oberkellner eilte herbei, entschuldigte sich und erzählte aufgeregt, die Frau des Bäckers sei bei der Geburt ihres ersten Kindes gestorben. Sie sei so jung gewesen, so schön. Er konnte nun nicht aufhören, blumig und voll Trauer von dem schrecklichen Tod zu sprechen, der Vater aber habe nur noch einmal nachgefragt: Und Sie servieren Borschtsch ohne Schwarzbrot? Als der Oberkellner darauf mit einem irritierten Ja antwortete, faltete der Vater die Serviette zusammen und stand wortlos auf. Daraufhin erhob sich die Restfamilie ebenfalls und verließ im Gefolge des Vaters das Restaurant. Marlene Dietrich soll diesen peinlichen Vorfall nie mehr vergessen haben. Von nun an hatte sie immer Schwarzbrot bei sich. So erfand, schloß meine Tochter, Marlene Dietrich die große Handtasche für den Abend, was die Modewelt als eine neue Exaltiertheit der Diva begeistert aufnahm. In Gesellschaft sagte die Dietrich nun öfter: Wir können ruhig russisch essen gehen, ich habe Papis Brot dabei!

Vermutlich haben die meisten Frauen in ihrer Handtasche Papis Brot dabei und was eben sonst noch wichtig genug ist, daß man es mit sich trägt. Zum Beispiel: Lippen- und Konturenstift, Zigaretten, Präservative, ein altes Flugticket zu einer großen Stadt am Meer, zwei Parker-Kugelschreiber mit feiner Mine, den Presseausweis, Aspirin plus C, Adreßbuch, Terminkalender, eine Zahnbürste, eine Ersatzunterhose, Schlüssel, Kinderzeichnungen.

Oder: Busfahrkarte und einen Kurzbusplan, handgeschriebene Telephonnummern in einem immerwährenden Kalender, ein ausgeschnittenes Backrezept für Hildabrötchen, eine Konzertkarte (von den vergangenen Ferien mit der Tochter), Photographien der Enkel, Hustenbonbons, Spalttabletten, Magentabletten zum Kauen, Papiertaschentücher und ein Erfrischungstuch, zerknitterte Zuckertütchen (von den Ferien), ein Nagelnecessaire, eine Regenhaube im Etui, das Portemonnaie, den Schlüsselbund.

Mein erster Freund hatte eine flache Tasche aus Ziegenfell zum Umhängen mit weißen und blau eingefärbten Streifen. Ich hatte so eine Tasche vorher noch nicht gesehen. Er sagte, sie sei aus der Türkei, eine frühere Freundin habe sie ihm mitgebracht. Mein erster Freund hatte einen Spitzbart und lange Haare und war ein Hippie, wie die Eltern sagten. Ich war ein braves Mädchen. Damals war die Pille ein ungeheuerliches Wort, so ungeheuerlich, daß, wenn die fünf Buchstaben auf den Zeitungstafeln der Kioske erschienen, Mutter den Schritt beschleunigte.

Mein erster Freund schlief mit schönen Mädchen, die schon Frauen waren; mit mir spielte er Gitarre. Like a bird on a wire. In seiner Tasche, die keine Handtasche, sondern eine Umhängetasche war, waren Tabak und Papierblättchen zum Drehen und ein Notizbuch, in das er Lieder und Gedichte schrieb. Er hatte immer ein Taschenbuch dabei, das Glasperlenspiel von Hermann Hesse etwa oder das Stundenbuch von Rilke. Ich fand Hesse langweilig und das Stundenbuch albern. Heimlich. In einer Anthologie aus der Stadtbibliothek wurde ich auf den Namen Jerzy Kosinski aufmerksam. Mein erster Freund, der damals schon 18 war, lieh für mich »Der bemalte Vogel« aus. Man mußte dafür unterschreiben und einen Ausweis vorlegen. Like a bird. Ich las es, ohne daß jemand mich sah. Ich weiß nicht mehr, wo ich das Buch versteckte. Wahrscheinlich in der Schultasche zwischen dem Wallenstein und der Logarithmentafel.

Ich habe in meinem Leben nie ein Verhältnis zu meinem Vater bekommen. Wir waren ein Frauenhaushalt, meine Großmutter, meine Mutter und ich, in dem der Vater als eine Art seltsamer Untermieter gehalten wurde. Meine Mutter war das einzige Kind meiner Großmutter, wie ich das einzige Kind meiner Mutter war. Meine Großmutter und meine Mutter waren das, was sie »Flüchtlinge« nannten. Was ein Flüchtling ist, wurde mir nie erklärt. Meine Mutter und meine Großmutter unterhielten sich in einer Sprache, die aus nicht hinterfragbaren Chiffren und Kürzeln bestand. Das wichtigste Wort in diesem Kosmos war: »Zuhaus«. Die Topographien hießen »Tschechei« und »Sudetenland«. Ich bin aufgewachsen im Bewußtsein, daß der Ort, an dem ich war, vieles sein konnte, aber eben nicht »Zuhaus«. In unserem Zusammenleben gab es den ständigen Bezug auf jenes »Zuhaus«, aus dem meine Mutter und meine Großmutter vertrieben worden waren. Es mußte das Schlimmste sein, begriff ich, wenn man aus einem »Zuhaus« vertrieben worden ist. Weil es ein »Zuhaus« nämlich nur einmal gibt. Sie konnten damals auch kaum etwas mitnehmen von dem »Zuhaus«. Nur das, was sie in Koffern und Taschen forttragen konnten.

Ich selbst hatte keine Bilder für Heimat oder Fremde.

Die wichtigste Tasche meiner Großmutter war ihre Hand. Sie konnte jagen und schnappen. Meine Großmutter öffnete sie behutsam, rutschte dann auf dem Handballen erst langsam und dann in ungeahnter Beschleunigung über das glatte Wachstuch des Küchentisches – und hatte die Fliege gefangen. Sie drückte nie zu. Mit der summenden Handtasche ging sie zum Fenster, wo sie abschüttelnd das Tier freiließ. Es hieß aber, »Zuhaus« habe die Großmutter Hühner geschlachtet. Und die Hühner seien dann manchmal ohne Kopf noch einen Bogen über den sandigen Hof gerannt.

Es gibt ja auch Einkaufstaschen, Manteltaschen, Jackentaschen. So verschieden sie sind, ihr Inneres ist Asche. Damit ist ihr geheimer Raum nahezu unendlich. Durchs Feuer gegangen würde sehr vieles zur Not selbst in eine kleine Handtasche passen.

Als mein Vater gestorben war, trug ein Mann, der das sprach, was meine Mutter »gebrochenes Deutsch« genannt hätte, die Urne von der Kapelle über die Friedhofswiese zum offenen Urnengrab meiner Mutter. Sollen die Glocken läuten? hatte er noch gefragt, und ich hatte ja, ein wenig, gesagt. Daraufhin hatte er auf einen Schalter an der Wand gedrückt, und als wir dann die Kapelle verließen, begann eine Glocke zu läuten.

Es war ein strahlender blauer Frühlingsnachmittag mitten im Winter. Die Glocke läutete. Der Mann ging bedächtig, betont feierlich, und meine Tochter und ich folgten ihm und der Urne. Obwohl ich aus der katholischen Kirche ausgetreten bin und meine Tochter nicht getauft ist (sie nimmt in der Schule am Religionsunterricht teil, hat aber nie davon gesprochen, einer Glaubensgemeinschaft beitreten zu wollen), obwohl wir also die Glocke nur als Heiden hörten, empfanden wir es doch als schön, daß sie läutete. Mein Vater war sehr religiös gewesen. Auf eine traurige Weise sehr religiös, denn obwohl er sehr religiös war, fand er in seinem Glauben weder Trost noch Kraft für sein Leben. Und so war es ungeheuerlich, daß gerade er, der doch ein Mann der Kirche war, sich so ausweglos allein gesehen haben muß, daß er immer wieder versucht hat, sich das Leben zu nehmen. Vermutlich hat ihn am Ende die Scham das Leben gekostet.

Der Herr vom Beerdigungsinstitut trug die Urne wirklich sehr feierlich vor sich her. Er hielt sie in zwei Händen, ein wenig von seinem Bauch weggerückt. Ich habe ihn bitten wollen, mir die Urne einmal in die Hand zu geben; ich wollte ihr Gewicht spüren. Ich habe mich aber nicht getraut, ihn zu fragen, habe ihn aber desto genauer beobachtet. So wie er sich mit der Urne bewegte, so wie er am offenen Urnengrab meiner Mutter der Urne meines Vaters den abschließenden letzten Deckel aufsetzte, wie er den Draht anzog, mit dem er die Urne in das Grab neben die erste Urne setzte, so wie es war, kann die Urne nicht sehr schwer gewesen sein. Wieviel Asche bleibt von einem Menschen? Ein Handtaschenmaß wenig genug. Wir sahen also von oben in das offene Urnengrab, meine Tochter und ich. Die beiden Urnen standen in dem kleinen Betonkästchen in der Diagonalen nebeneinander wie zwei Hefeteigbuchteln, die noch aufgehen müssen. Es sieht friedlich aus, sagte ich zu meiner Tochter. Sie sagte nichts. Wir müssen im Augenblick dasselbe gedacht haben: Hier ruht eine furchtbare Ehe. Dann wollte ich gehen. Aber sie blieb seltsam sicher stehen. Ich weiß nicht, was sie sah, was sie weiterdachte.

Als meine Mutter starb, hinterließ sie 32 Handtaschen, schön nebeneinandergesteckt und aufgestapelt auf dem Boden des Kleiderschranks, in dem oben an der Stange ihre steifgebügelten Blusen hingen. Die Handtaschen, die sie sich über die Jahrzehnte hin gekauft haben muß, sahen alle denkbar ähnlich aus. Sie waren von eher mittlerer Größe wie für den Kirchgang. Nur wenige waren etwas größer, so daß nicht nur ein Gebetbuch und der Geldbeutel, sondern vielleicht auch noch ein kleiner Schirm hineingepaßt hätte. Sie waren unauffällig einfarbig: beige oder eierschalenfarbig, wie meine Mutter gesagt hätte, hellbraun, grau, die eine oder andere auch dunkler. Wenn man sie öffnete, entströmte ihrem Innern der Geruch von abgestandenem Kölnisch Wasser. In jeder der 32 Taschen steckten ein auf Kante gefaltetes Stofftaschentuch und ein runder, manchmal auch viereckiger Taschenspiegel. Davon abgesehen waren alle 32 Taschen leer.

Mein lebensmüder Vater, der meiner Mutter schnell nachstarb, hat eine schwarze Herrenhandtasche zum Umhängen hinterlassen. Darin fanden sich drei frischgekaufte Stabilo-Bleistifte, ein neuer grüner Radiergummi und ein kleiner, unbeschriebener Spiralblock. Ansonsten war die Tasche gefüllt mit verschiedenen Reiseprospekten, die Kreuzfahrten anboten.

Als ich das sah, dachte ich, wenn du ihn geliebt hättest, würdest du das für ihn erfunden haben.

Vater und das Fichtennadelschaumbad des KSC

Samstag war das Gegenteil von Sonntag. Sonntag war kratzende Strumpfhose, im Schritt zu eng, rutschend. Sonntag war Kirche, war Friedhofsbesuch, Spazierengehen auf dem Bürgersteig. Sonntag war disziplinierte Langeweile, ein Einüben von Ehrbarkeit, an die selbst die Eltern nicht glaubten (aus durchaus verschiedenen Gründen).

Samstag hingegen war Barfußlaufen und blutige Knie, war Spielen in aufgelassenen Gärten, im kalkigen Areal von Baustellen, im Noch-Nicht der proletarischen Stadtrandsiedlung. Samstag war Utopie, bevor sie im schrecklichen Gelingen des Sonntags eingelöst wurde. Auch ein Rindsbraten mit Serviettenknödeln konnte den Sonntag nicht retten. Das Resteessen vom Samstag, mit dem das Sonntagsmahl schon im voraus eingespart wurde, hatte mit sauren Gurken und Senf den besseren Geschmack von Freiheit. Jeder Samstag (und in der Erinnerung sind sie alle sonnenstaubig, warm, voller Maikäfer und Sauerampfer) endete mit dem Samstagabendwannenbad. Samstags durfte man sich schmutzig machen, sonntags war man sauber. Als erstes kam das Kind ins warme Wasser, dann die Großmutter ins schon abgekühlte, dann der Vater ins kalte. Der Vater war im Krieg gewesen; das härtet ab. Nur die Mutter bekam ein Badewasser für sich allein. Ein Wasser also, das weder vor ihr beschmutzt worden war noch nach ihr beschmutzt werden durfte. Und die Temperatur bestimmte sie.

Der Samstagabend hatte einen besonderen Geruch. Er duftete so, wie wir uns Luxus vorstellten, etwas streng nach Fichtennadelbad. Dieser Geruch kam aus einer großen Plastikflasche am Wannenrand. Das besondere aber, das dem Samstagabend und damit dem ganzen Samstag eine Aura gab, wie der Gottesdienst am Morgen den ganzen Sonntag heiligte, war eine Lautkulisse. Der Samstag hatte einen Samstagabendsound. Er kam aus dem Radio, später aus dem klobigen Schwarz-Weiß-Fernsehgerät mit den zitternden Bildern. Wenn das Kind in der Wanne lag, roch es den Schaum des Fichtennadelbadezusatzes und hörte durch die angelehnte Badezimmertür das allsamstägliche Abendrauschen, ein Tosen, ein Brüllen, ein stöhnendes Anfeuern aus einem nicht störungsfreien Sender. Fraglos war der Samstagabend männlich (wie der Sonntag weiblich war). Und dieser männliche Ton aus der Autorität des Lautkastens wurde lebensecht unterstützt von der Stimme des Vaters, der im Wohnzimmer gebannt davor saß. Dieser Krach hatte etwas Überwältigendes wie der steife, sich auftürmende Schaum, den das Kind durch sein Planschen in der Wanne zu vermehren suchte. Unvermittelt fiel der Vater immer wieder ein in das kernige Sprechen, Hecheln, Brüllen des Reporters. Manchmal bereitete er es vor, ja der Reporter schien umfangen und präludiert von der hellen, aber nicht weniger heftigen Stimme des Vaters, der aufschrie, losschimpfte, antrieb und wegstöhnte.

Ich hatte keine Ahnung, was Fußball war. Es war ein Spiel um einen Ball mit zwei Toren. Aber offensichtlich war es noch etwas anderes. Ja, es muß das ganz Andere gewesen sein. Es war ein samstägliches Versprechen. Der Sog eines Mysteriums. Ein Rausch. Eine Hoffnung. Heute nehme ich an, daß das Wunder von Bern nicht nur ein legendäres historisches Fußballspiel, Ungarn gegen Deutschland um die Weltmeisterschaft 1954, war, sondern daß das Wunder von Bern in den Jahren der schwachen bundesdeutschen Väter und des erstarkenden deutschen Fußballs immer wieder schmerz- und variantenreich in den väterlichen Seelen beschworen wurde. (Diese Männer hatten gezeugt, aber sie konnten nicht erziehen. Sie glaubten an die Autorität, von der sie gequält worden waren, aber sie hatten keine Aufmerksamkeit.)

Die Macht meines Vaters, der keine hatte, war der KSC. Daß KSC Karlsruher Sport Club hieß, wußte ich nicht. Ich kannte den Namen nur vom Hören und bereits aus einer Zeit, da ich noch nicht lesen und schreiben konnte. Ich wußte, daß der Name etwas mit einem Fußballstadion zu tun hatte, und einmal, als ich dem Vater eine Freude hatte machen wollen, habe ich den Vater gemalt, wie er im Stadion jubelt. Da ich meiner realistischen Darstellung nicht ganz traute, hielt ich es für angebracht, jenen Namen dazuzuschreiben, den ich mit dem Vater und dem Stadion verband. So erfand ich das Wort »Kaiszeh«, eine Prägung, die mir selbstverständlich schien, da sie die Wörter »Kaiser« und »Zehe« sinnvoll verband. Mein Vater schüttelte den Kopf, meine Mutter wandte sich beschämt ab. Dabei hatte ich ein schönes Bild gemalt. Ein Bild mit einem Vater, der die Hände hochwirft und sich freut. Meinem Vater blieb meine nachgetragene Liebe, nicht nur in diesem Bild, peinlich. Und wenn ich ehrlich bin, kann ich nicht behaupten, darüber wirklich enttäuscht gewesen zu sein. Solche Bilder, solche Gesten waren meine Sonntagsspaziergänge auf Bürgersteigen; auch ich hatte das Recht zu zelebrieren, ohne zu glauben.

Mein Vater hatte sich einen Sohn gewünscht. Und nun war ein pummeliges Mädchen da, mit ständig rutschenden Kniestrümpfen oder verdrehten Strumpfhosen. Wer wollte ihm da einen Vorwurf machen?

Wenn wir am Sonntag auf dem Friedhof gewesen waren und das Wetter gut blieb, fuhren wir mit der Straßenbahn ins Stadion. Es lag in der Nähe eines Waldes und hieß deshalb »Wildparkstadion«. Am Sonntag war im Stadion nichts mehr los, aber der Vater genoß doch, quasi im Nachhinein, noch die wirkliche Atmosphäre. Es gibt eine Photographie von mir, wie ich an der Treppe eines der Stadioneingänge stehe und in die Kamera lache. Ich lache tapfer, als wollte ich wenigstens auf der Photographie eine schöne Erinnerung an Vaters Fußballglück einholen, die ich freilich in keiner Zukunft würde einlösen können. Was will man machen als Mädchen, wenn nicht gute Miene zum vergeblichen Spiel? Einen Sohn hätte er trainiert. Ein Sohn wäre an seiner Stelle stark gewesen. Eine Tochter aber war die Verlängerung der mütterlichen Macht. (Auch das wußte ich sehr früh. Und er wußte, daß ich es wußte.)

Mein Vater war arbeitslos. Natürlich war mein Vater nicht immer arbeitslos, aber gerade wenn er nicht arbeitslos war, also meistens, bedrohte uns seine mögliche Arbeitslosigkeit. Deshalb hatten wir nie Geld, obwohl wir Geld hatten.

Mein Vater, der mit einer versteiften Hüfte hinkte, kaufte sich bei wichtigen Spielen manchmal eine der billigen Stehplatzkarten im Wildparkstadion des KSC. Wenn es regnete, stand er dann im Regen; wenn es heiß war, in der Hitze. Die billigen Plätze hatten keine Überdachung. Diese Karten waren das Thema unendlicher, quälender Auseinandersetzungen. Die Großmutter saß in der Küche und schwieg, die Mutter lamentierte durch die Wohnung. Der Vater versank im Finale des ehelichen Kräfteringens über seinem Schachbrett. Und er setzte den schwarzen König matt.

Manchmal ging er heimlich zu einem Spiel ins Stadion, er behauptete dann, er sei im Schloßpark, Schachspielen, mit den großen Holzfiguren. Aber da seine Frau das Geld verwaltete, mußte mein Vater einiges Geschick aufwenden, um die Karte aus Schwarzgeldern der Haushaltskasse irgendwie zu finanzieren. Und dazu hatte er meist zu wenig Energie.

Vor dem Radio zu schreien war leichter. Hier konnte er sich austoben, ohne ehebrüchig zu werden. Das orgiastische orale Tor unterlag keiner Sanktionierung, dafür mußte man sich nicht schämen. Dieser Schuß lag jenseits aller Heimlichkeiten. Im Fichtennadelbadeschaum verstand das Kind, ohne zu verstehen. Im besten Fall (und davon wollen wir doch ausgehen) war das seine erste Begegnung mit männlicher Leidenschaft. Sie passte zur Anarchie der Samstage, sie war der Beginn des Sonntags. Sie war herb und ungeheuer.

Gebäck

Als Kind habe ich Weihachten gefürchtet. Nie war Mutter bereiter zur Perfektion. Die winterlich frisch gewaschenen Spannstores, Vorhänge und Übervorhänge, die Gans, der Baum. Jedes Jahr nahm es Mutter auf mit dem Wort Herrlichkeit in den Verhältnissen des sozialen Wohnungsbaus. Als könne sie damit alles retten, buk sie Plätzchen. In den Wochen des Advents füllten sich Dosen und Schachteln mit Hildabrötchen, Bärenpratzen, Zimtsternen, Vanillekipfeln, Kokosmakronen. Meine Mutter arbeitete zügig, sauber und präzise. Unter allem Kleingebäck anderer Frauen würde ich die Plätzchen meiner Mutter sofort erkannt haben. Sie hatten das, was sie ein Gesicht nannte.

Am liebsten sah ich zu, wenn sie Ausstecherle machte aus einem Butterteig, der mit Margarine gestreckt wurde. Auf einem leicht mit Mehl bestäubten Backbrett rollte sie die gekühlte Masse behutsam aus und drückte dann die alten Formen hinein. Es waren Formen aus der verlorenen Heimat. Sie achtete darauf, Teig zu sparen, und stach Lilie exakt an Lilie aus, Dreierle an Dreierle. Denn bei jedem neuen Zusammenkneten und Ausrollen des Restteigs mußte wieder etwas Mehl hinzugefügt werden. Das machte den Teig spröder und minderte den Geschmack des Gebäcks. Meine Mutter hatte sehr schöne Hände, die mehr von ihrer Verletzlichkeit verrieten als ihr Blick.

Der Heilige Abend folgte ihrer strengen Choreographie. Anzünden des Baumes, Singen, Auspacken der Geschenke, Gans, Christmette. Das alles war gefährlich. Würde der Vater den Baum gerade aufstellen können, würde er ihn richtig schmücken? (Mutter bestand auf einzeln gehängten Lamettafäden, eine Geduldsprobe, die den dünnen Fichtenzweigen weihnachtliche Würde gab.) Konnten wir auch dieses Mal das Singen in ritueller Ausführlichkeit durchhalten? (Mutter hatte einen wunderbaren Sopran, aber Vater traf die einfachsten Terzen nicht.) Freute man sich endlich deutlich genug über den Trainingsanzug, den selbstgestrickten Pullover mit Zopfmuster, die Strümpfe? Freute sie sich um Himmels Willen über die neue Kaffeemaschine, die Vater gekauft hatte? (Wenn es schlimm kam, weinte sie. Meist gingen wir ihr Geschenk nach Neujahr wieder umtauschen. Sie hatte zu genaue Vorstellungen, um sich überraschen lassen zu können.)

War die gute Gans gelungen? Gelang es dem Vater, sie mit Geflügelschere und Messer richtig zu zerlegen? Wir griffen eilig zu und lobten. Am Teller mit den drei Apfelsinen (für jeden von uns eine) zeigte Mutter, daß sie uns für arm hielt. Wie groß hingegen der Reichtum, ihre Herrlichkeit, wenn sie eine kleine Schale mit einer Auswahl perfekten Gebäcks vor uns auf den schönen Tischläufer stellte, auf den sie einen Posaune blasenden Engel gestickt hatte. Wir brachen die Hildabrötchen.

Einmal habe ich zu Weihnachten (man weiß ja selten, was man tut) für eine verehrte Dichterin Plätzchen gebacken. Ich benutzte die Formen meiner Mutter. Das Dreierle, die böhmische Lilie, die Glocke, den Stern. Ich kaufte noch einen kleinen Fuchs hinzu. Auf die goldbraunen Tiere tupfte ich mit der Spitze eines feinen Haarpinsels Augen aus schwarzer Schokolade. Auch die Pfoten erhielten eine Schokoladenkontur. Dann schichtete ich die Plätzchen in eine flache Schachtel aus nachtblauem Karton: eine Lage geknittertes Seidenpapier, eine Lage Gebäck, eine Lage Seidenpapier, Gebäck, Seidenpapier. Ich umschlang den Karton mit blauem Band.

Seither sind viele Jahre vergangen.

Meine Tochter, mit der ich Ausstecherle backe, drückt den Fuchs in den Teig und sagt: Vielleicht hast du die Plätzchen damals gar nicht abgeschickt.

II Fluten

Fließendes Land

Es sollte einfach nur schön sein. Eine Winterferienwoche mit dem jüngsten Kind auf einer Insel: nach Würmern graben am Strand, den Möwen zusehen. Nichts tun. Vorsichtig hatte sie das Wort Wellness-Urlaub ausgesprochen. Sie war Reporterin; Reporter reisten nicht so. Aber sie war müde. Sie dachte an ein Hotel mit Sauna und Schwimmbad. Als die große Tochter davon hörte, erklärte sie, sie komme mit. Es waren ihre ersten Semesterferien. Sie studierte jetzt in einer fremden Stadt.

Für Süddeutsche beginnt der Norden in Frankfurt. Duisburg ist eine andere Welt. Nach Arnheim waren die Zugdurchsagen Holländisch. Irgendwann Zwolle. Sie war mit dem Kleinen nun acht Stunden unterwegs, vier Stunden Bahnfahrt lagen noch vor ihnen. Sie hatte nicht fliegen wollen. Der Junge blieb munter. Er malte Punkt-Bilder nach Zahlen bis 150, Löwen erschienen unter Palmen, Piraten hingen in den Masten, Dromedare durchzogen Wüsten. In Leeuwarden würde Silvia zusteigen. Von Leeuwarden ging ein Schienenbus nach Harlingen Haven. Die letzte Fähre fuhr um 17.30 Uhr: nach Vlieland.

Eine Freundin hatte ihr von Terschelling erzählt, und als sie über das Internet dort eine Unterkunft buchen wollte, waren Hotels erschienen, in deren Adresse das Wort »Vlieland« auftauchte. Vlieland ist ein Ortsteil von Terschelling hatte sie gedacht.

Dann hatte sie eine Insel entdeckt.

Die Tochter stieg nicht in Leeuwarden zu. Auch mit den folgenden Schienenbussen kam sie nicht in Harlingen Haven an. Möwen schrieen. Hölzerne Schiffe mit hohen Masten schaukelten vor putzigen Häuschen wie in historischen Bilderbüchern.

Schafft sie es? fragte sie den Jungen.

Ja, sagte er.

Sie kauften sich Aniskekse, mit denen er die Möwen fütterte. Sie warteten den letzten Schienenbus ab. Dann kauften sie die zwei Fährenkarten für sich.

Die Schiffsmotoren liefen. Über dem Meer begann jener Vorgang der Dämmerung, der für Menschen aus dem Mittelgebirge immer etwas Unwahrscheinliches hat. Durch die Scheiben sah sie eine Frau in mittleren Jahren den Fährensteg hinunterlaufen. Ihr Blumenrock schmiegte sich um die Oberschenkel. Eine Einheimische, dachte sie, man hat noch auf eine Einheimische gewartet. Gleich würde jene Bewegung beginnen, mit der ein schweres Schiff ablegt. Sie lehnte sich in den Sessel zurück.

Silvia ist schon groß, dachte sie, sie wird in Harlingen übernachten. Morgen früh holen wir sie an der Fähre ab. Der Junge hockte mit zurückgelegtem Kopf vor dem Fernseher, der über der mittleren Sitzreihe hing, und starrte auf die gebogenen Silhouetten von Eisschnelläufern in hoher Geschwindigkeit.

Willst du nicht sehen, wie wir losfahren? rief sie ihm vom Fenster aus zu. Er schüttelte sich wie ein nasser Hund.

Die Sonne war noch gelb, das Meer von intensiver metallener Blässe. Da blitzte etwas Rotes auf dem Steg.

Silvia zog den Rollkoffer auf das Schiff.

Sie trug einen kurzen Trenchcoat, ihre Beine steckten in schwarzen Strumpfhosen.

Wo ist mein Kleiner? fragte sie.

Der Junge grinste.

Sie drückte ihm einen Marzipanfisch in die Hand.

Das hast du nicht mehr schaffen können, sagte ich.

Die Tochter lächelte und zog die Schirmmütze ab.

Ich habe eine Holländerin im Schienenbus gefragt. Sie hat mich zum Fahrkartenschalter mitgenommen. Die Frau an der Kasse hat im Schiff angerufen, daß wir noch kommen.

Die Fähre hatte abgelegt. Sie fuhren in einen rötlichen Abend, in eine indigofarbene schaumige Nacht; die unsichtbaren Fahrrinnen des Wattenmeers waren von grünen und gelben Bojen erhellt.

Was sie sehr schnell begriffen, war, daß ihr Hotel in der Dorfstraße entgegen der Ankündigung auf der Website weder über ein Schwimmbad noch über eine Sauna verfügte. Der blonde Mann an der Rezeption nannte freundlich mit einer nach draußen weisenden Handbewegung ein anderes Hotel, in dem sie Schwimmbad und Sauna mitbenützen könnten. Etwas langsamer begriffen sie, daß dieses andere Hotel anderthalb Kilometer entfernt am Strand lag, eine großzügige Betonanlage, die sich durch die Dünen zog. Dort im Keller endlich, wo hinter Glas eine junge rosige Familie mit zwei quirligen Kleinkindern in einem Pool stand, dauerte es Sekunden der Ewigkeit, bis ihnen klar wurde, daß genau diese Badewanne hier das Schwimmbad sein sollte.

Silvia ließ sich in einen Plastikstuhl fallen. Der Junge war zielstrebig in einem Aufenthaltsraum für Kinder verschwunden, in dem dicht an dicht Flipperautomaten fiepten.

Ich wollte schwimmen, ich wollte trainieren, sagte die Tochter und starrte gegen das Glas der Planschhalle.

Wir müssen das Modul wechseln, hauchte ich.

Der Junge kam und fragte freudig nach 50 Cent-Münzen.

Der Strand war weit, bei Ebbe bildeten sich spiegelnde Siele. Kleine Vögel rollten wie Bälle davon, andere standen auf langen Beinen ruhig am Rand der Schaumzungen. Muschelsäume blieben zurück. Sie liefen. Der Junge steckte sich die Taschen voller Krebsschalen. Sprang über das leckende Meer. Schrie, wenn das Wasser schneller war als er und seine Schuhe naß wurden. Sie bauten Burgen. Sie lagen mit dem Rücken im Sand und fielen in die Wolken.

Sie waren angekommen und in ungeahnter Weise fremd.

Sie hatte es nicht wahrnehmen wollen.

Etwas Unbekanntes hatte sich eingeschlichen. Die Tochter hatte es gleich am ersten Morgen gesagt, und die Reporter-Mutter hatte abgewehrt. Aber es war da. Es sickerte in die Tage, es machte, daß sie die Schultern leicht anzogen. Schließlich sprachen sie doch darüber, vorsichtig, daß der Junge es nicht bemerkte. Aber dann kickte er versonnen seinen Fußball über den gepflasterten Weg zum Strand und sang: »Mit dem Herz in der Hand und der Leidenschaft im Bein werden wir Weltmeister sein«, und Silvia fuhr herum und zischte: »Halt die Schnauze!«

Sie erinnerten sich wechselseitig daran, Englisch zu sprechen, wenn sie Einheimische etwas fragen wollten.

Unweit der Betonanlage stand ein großer Holzpavillon auf Stelzen zwischen Dünen und Meer. Sie mochten das Licht in diesem weiten Raum. Zum Wasser hin war er verglast, und das Flackern der Petroleumlampen spiegelte sich schon am späten Nachmittag in den Fensterscheiben.

Die Frau saß am Ende des Raums.

Ihre offenen Locken glühten zimtrot. Ein Säugling lag an ihrer Brust. Sie sprach mit einer Freundin, die ihr gegenübersaß. Dann wieder schwiegen beide Frauen vertraulich. Ein Hund lag ihnen zu Füßen.

Der Kleine steuerte den Nebentisch an.

Junge Hunde haben überproportional große Pfoten, sagte Silvia und setzte sich.

Sie dachte an ihren alten Hund zu Hause, der einmal Silvias Hund gewesen war und nun tags unter ihrem Schreibtisch, nachts neben ihrem Bett lag. Als sie später zum Gehen aufstanden, erhob sich auch das fremde Tier. Es war reflexhaft: Sie streichelte es.

Hinterher dachte sie, daß sie zu ihm gesprochen haben wird (man streichelt nicht stumm einen fremden Hund). Und wohl in ihrer Muttersprache.

Wie alt er denn sei, fragte sie nun auf Englisch. Die Frau sah sie nur an.

Sie spricht nicht mit mir, dachte sie und erwiderte den Blick. Ihre Gesichtszüge (Antlitz, dachte sie) waren weiß und ebenmäßig. Dann kam die Antwort in harter deutscher Intonation: »Vier Jahre.«

Sie verließen den Raum durch ein Spalier von Blicken.

Draußen sagte die Tochter: Wir sind die Neger von Vlieland.

Wilde Dankbarkeit für die Schönheit der Dünen. (Der Junge läßt sich über das Seegras herunterrollen. Dann liegt er mit einem Stock nach Löwen auf der Lauer.) Für den Geruch der Kiefern, das Schmatzen des Watts (hinterher müssen sie die Kleider wechseln, die Schuhe waschen. Auf der Fensterbank wächst die Sammlung an Muscheln, Steinen, Krebspanzern). Glück über das Salz in der Luft, im Gesicht. Die dicken Pferde im Wind, die eckigen Ziegen, das Pfeffer- und Salzmuster der Vögel im Watt, die flüchtenden Hasen im Sand, die Eleganz der Fasane. In den großen Steinen einer Buhne findet der Junge einen Seestern. Er fährt über die sich langsam zusammenziehenden Saugnäpfe. Er lebt doch noch, sagt er und wirft ihn weit ins Wasser zurück.

Sie sehen ein torkelndes Holzstück in den Wellen. Es verschwindet. Taucht wieder auf. Sie glauben es nicht. Dann lachen sie und winken. Zwei knopfrunde schwarze Augen sehen ihnen unverwandt aus einem hochgereckten öligen Halskopf entgegen.

Am dritten Tag hatte es zu regnen begonnen.

An der Dorfstraße lag ein Antiquitätengeschäft. Hier gab es Jugendstilgläser und angeschlagene Kaffeetassen, die an

50 Jahre Befreiung von den Deutschen erinnerten, eine antike Rüstung, mehrere Schwerter, Fossilien, bunte Steine, alte Videos, CDs. Und Bücher. In einem Schrank stapelte sich der Nachlaß eines deutschen Pfarrers, der seinen Lebensabend auf der Insel verbracht hatte. Die Adress-Stempel in den Büchern wechselten, Leipzig, Frankfurt, Vlieland. Manche Bücher waren auf dem Vorsatzblatt kommentiert. (Manzoni, Die Verlobten: »Mutter hat es gerne gelesen.«) Sie kauften: Andersen, »Die kleine Seejungfrau und andere Märchen«, Paul Valéry, »Über die Kunst«, eine Dramenausgabe von Camus, einen Israelreiseführer von 1954, ein Heftchen von Karl Barth, »Wolfgang Amadeus Mozart, 1756/1956«.

Vlieland hat gut 1000 Einwohner; im Sommer sind es 8000.

Vielleicht wollen sie wenigstens im Winter unter sich sein, sagte sie. Dann sollen sie keine Winterangebote machen, im Internet auf deutsch, sagte die Tochter.

Es sind nicht die selben Leute, die das entscheiden, wandte sie ein.

Im 17. Jahrhundert gab es auf der Insel 70 Walfangkapitäne; in der Weihnachtsflut von 1717 ging Westvlieland unter. Ostvlieland prosperierte, solange die großen Segelschiffe aus Amsterdam vorbeikamen. Im 19. Jahrhundert bot ein neugebauter Kanal den modernen Dampfschiffen einen direkteren Weg ins Offene. Vorübergehend erwog man, das Eiland ganz dem Meer zu überlassen. Zu Beginn des 20. Jahrhunderts zeigten sich die ersten Touristen. Heute ist das Dorfbild geprägt vom Fahrradverleih. Hier gibt es auch Karten für Bootsfahrten zu den Robbenbänken oder Ausflüge in den Westen der Insel, ein Übungsgebiet des in Leeuwarden stationierten holländischen Militärs. Am Wochenende ruhen die Kampfflugzeuge und Panzer. Dann bringt ein wasser- und dünentüchtiger Laster die Touristen in die »Niederländische Sahara«. Fährt er auf dem Strand zurück, prägen seine Reifen einen Reklame-Schriftzug in den feuchten Sand.

Abends gehen sie die Dorfstraße entlang. Hinter den vorhanglosen Scheiben der alten Kapitänshäuser liegen erleuchtete Wohnstuben, Eßzimmer. Öffentliche Raumfluchten der Intimität. Sie sehen einen Hund, der auf einem Stuhl mit am Tisch sitzt.

Sie sind nicht vorzeitig abgefahren. Sie blieben eine Winterferienwoche lang auf Vlieland. Die Tochter ging zu streng bemessenen Öffnungszeiten in das öffentliche Schwimmbad und lernte, daß es Stunden gab, in denen man nur »banen zwemmen« durfte, ab 16 Jahren, und andere, da durfte man auch kreuz und quer schwimmen, ohne Altersbeschränkung. Sie liefen die Insel ab. Sie verliefen sich in den Dünen, in den Heidekrautfeldern der Kranichbeeren. Sie sahen den Leuchtturm nicht mehr und hatten am Strand die Himmelsrichtung verloren. Sie schliefen lang und hatten dauernd Hunger. Sie aßen Fische, Krebse, Krabben, Austern, Muscheln. Da sie Freundlichkeit als Schmuggelware erlebten, wurde jeder ihnen zugewandte Kellner zum Komplizen.

Der Junge bekam seinen ersten Drachen (schwarz, mit Piratengesicht) und rannte und rannte und lernte, daß ein Drachen nur gegen den Wind steigt.

Die Zeit zog sich zurück. Die Stunden standen in den Sielen. Manchmal verschwand die Tochter in ihrem Zimmer im Internet; manchmal kam sie und las Andersenmärchen vor. Das Kind malte Mandalas aus. Abends, wenn es schlief, gingen sie beide in ein Cafe, in dem alte englische Lieder liefen.

Als sie wieder in der Fähre saßen, frühmorgens um 7.00 Uhr, es war noch dunkel, waren sie froh. Der Junge führte mehrere Kilo Kalk- und Chitin-Fragmente mit sich.

In Harlingen Haven schaukelten die Segelschiffe mit den hohen Masten im Morgenlicht.

In Leeuwarden stieg die Tochter in den anderen Zug.

Nach Arnhem waren die Durchsagen nur noch deutsch.

Seepferdchen

Es gab Tage, da hätte sie lieber Seepferdchenforscherin sein wollen. Sie saß dann vielleicht über Mittag auf einer der Bänke bei den Blumenrabatten im Geviert des Institutsgeländes. Reihen von silberdunklen Fensterrechtecken zogen über die grauen Fassaden der Hochhäuser als ein ebenmäßiges Muster. Scharfgeschnitten und schattenlos lag der Rasen da. Die wächsernen Petunien glänzten frischgezupft. Sie schaukelte dann vielleicht ein wenig mit den Beinen, so daß, freilich unbemerkt, ihre Fersen an den Parkbanksockel aus Waschbeton stießen. Es war heiß, und in der Luft lag der Ton von Grillen.

Seepferdchen hingegen, dachte sie dann und sog ein wenig Luft ein, Seepferdchen waren Tiere der Tiefe. Sie sah hinüber zu den Anlagenwegen, auf denen sich die kommenden und gehenden Besucher verschoben wie Statisten.

Wenn sie eine Seepferdchenforscherin wäre, würde sie mit dem Boot aufbrechen. Sie steckte dann in einem schwarzen Neopren-Taucheranzug mit Signalstreifen. Am Rücken trüge sie ein gelbes Sauerstoffgerät. Hinter einer Taucherbrille lägen ihre Augen wie eingelassen in einen verglasten Gummirahmen. Fischartig würde sie durch die Algenwälder tauchen mit langen Flossen, deren leuchtende Linien an der Unterseite bei jeder Bewegung aufblitzten. Und wahrscheinlich, das wußte sie nicht so genau, hätte sie eine Unterwasserkamera. Eine so teure Unterwasserkamera hätte sie natürlich nur, wenn sie eine sehr gute Seepferdchenforscherin wäre. Aber warum sollte sie denn keine sehr gute Seepferdchenforscherin sein?

In den Weltmeeren gab es, das wußte sie, 35 Arten von Seepferdchen, davon allerdings lebten nur zwei im Mittelmeer. Und erst vor drei Jahren hatten Seepferdchenforscher ein neues Seepferdchen entdeckt. Es war das bislang kleinste Seepferdchen von nur 16 Millimetern Länge (die größten konnten gut über 30 Zentimeter wachsen). Wenn sie Seepferdchenforscherin wäre, könnte es also durchaus sein, daß auch sie einmal ein Seepferdchen entdeckte. Und wenn sie eines entdeckt hätte, dürfte sie ihm einen Namen geben. Das war so bei Entdeckern. Manchmal dachte sie darüber nach, welchen Namen sie dem Seepferdchen geben würde, das sie vielleicht einmal entdeckte.

Das Seepferdchen war, was leicht übersehen wurde, ein ganz besonderes Tier. Es war kein Pferdchen, auch wenn Seepferdchenforscher manchmal von Ponys sprachen. Ein Seepferdchen war ein Fisch. Ein Fisch mit einem Kopf, der an den Kopf eines Pferdes erinnerte. »Fallada«, dachte sie, »O du Fallada, da du hangest«, und dann dachte sie, wie der Pferdekopf antwortete: »O du Jungfer Königin, da du gangest, wenn das deine Mutter wüßte, das Herz tät ihr zerspringen.« Ganz sacht begann sie mit dem Oberkörper zu schaukeln. Falladas sprechender Kopf, der im Märchen über dem finsteren Tor der Stadt hing, fiel ihr immer ein, wenn sie an Pferde dachte. Die Mutter hatte ihr die Geschichte viele Male vorgelesen. Und vielleicht hatte sie wegen Fallada nie so recht eine Pferdeleidenschaft entwickelt wie ihre Freundinnen in jenen verwirrten Tagen.

Mit den Seepferdchen war es etwas anderes.

Sie fand, daß Seepferdchen lächelten. Auch jetzt, wenn sie auf der Bank saß und ihre Fersen, ohne daß sie es bemerkte (aber sie wußte es, sie wußte es schon), an den Betonsockel schlugen. Man konnte vielleicht nicht sagen, daß Seepferdchen lächelten, aber sie hatten ein freundliches Aussehen.

Unterhalb des Seepferdchenkopfes kam schon der Seepferdchenbauch, und der ging in einer schönen Linie in einen Schwanz über. Mit gestreiften, transparent flimmernden Flossen am Rücken und Flossen am Bauch wedelten sie so im Wasser, daß sie schwebend schwammen. Dann drehten sie sich aufrecht in ihren Seepferdchenkreisen hinauf gegen das Licht oder hinunter in den dunkleren Schutz des Kelpwaldes. Oder zur Seite. Wollte ein Seepferdchen jedoch verweilen, legte es seinen Schwanz einfach um einen Algenstengel, zum Beispiel, und hielt sich fest. Und wogend wie eine Koralle, wie eine Seeanemone, hing dann das Seepferdchen, das kein Pferdchen war, aber ein Fisch, wie eine Blüte an einem leise fließenden Grün.

Seepferdchen waren schön. Es gab sie in allen Farben, und sie konnten wechselnd in allen Farben spielen. Gerne hätte sie alle Tage mit Seepferdchen gelebt. Aber das Seepferdchen war schlecht in Gefangenschaft zu halten. Hinter Glas änderte es sofort sein edles Paarungsverhalten. Denn das Seepferdchen war von Natur aus treu. Ein Seepferdchenmann und eine Seepferdchenfrau blieben ein Leben lang zusammen. Vielleicht wußten Seepferdchenforscher noch gar nicht ganz genau, wie lange so ein Seepferdchenleben in Freiheit war, aber fünf, sechs Jahre bestimmt. In den menschlichen Aquarien aber verwilderten sie. Hier paarten sie sich flüchtig und beliebig, als habe sie ihr Seepferdcheninstinkt verlassen. Auch ihre Farben blaßten aus. Ihr Korallenrot, ihr Algengrün, ihre schwarzweißen Zebrastreifen, ihr Bernsteingelb, ihre Punkt- oder Fleckenmuster wurden unspezifisch und verloren sich.

So würde sie also, wenn es soweit wäre, nur als Seepferdchenforscherin mit der Anmut dieser Wesen leben können. Aber bestimmt hätte sie dann eine der hochempfindlichen Unterwasserkameras, und eine Lampe wäre an ihrer Stirn befestigt, so daß ihr auch in großen Tiefen Aufnahmen gelängen. Sie würde Bilder hinaufbringen von miteinander an den Schwanzspitzen untergehakten Seepferdchenpaaren, die zu zweit durch Anemonenwälder schwammen, und dann würde sie – natürlich vorsichtig, ohne zu stören – geduckt in den Schwammgärten oder hinter den Jalousien der viele Meter hohen, breitlappigen Braunalgen dabeisein, wenn sich auf einmal ein Seepferdchenweibchen zielsicher an ihr Seepferdchenmännchen drängte und dann sehr schnell seine Eier in den geöffneten Brutbeutel des Seepferdchenmannes hineinlegte. Denn in seinem Bauch, der nun anschwoll, würden die Eier befruchtet werden, und hier würden die Kleinen, vom Vater gebrütet, heranwachsen zu winzigen Seepferdchen von perfekter Gestalt: mit zitternden Krönchen und den langen Rüsseln, den geschwungenen kleinen Bäuchen und den anfangs noch langgestreckten, zackigen Schwänzen, die erst die schon größeren Seepferdchen zu einer geschlossenen Schnecke rollen konnten. Und sie würde photographieren, wie nach einigen Wochen ein erster kleiner Seepferdchenkopf sich aus dem Brutbeutel des Mannes herausstreckte und dann, gefolgt von vielen und nochmals vielen Seepferdchenbrüdern und -schwestern, ein ganzer junger Seepferdchenschwung ins Meer entlassen wurde. Und da so ein neugeborenes Seepferdchen, wie ein Menschenkind ja auch, vor allem aus zwei großen Augen besteht (die das Seepferdchen aber unabhängig voneinander in die verschiedenen Richtungen bewegen kann), war eine Wolke von frischgeschlüpften Seepferdchen submariner Sternenstaub, eine blinkende und blitzende Galaxie.

Sie sah auf die Uhr. Ein wenig Zeit hatte sie noch. Man hatte ihr deutlich gemacht, daß es einen Vertrauensbeweis darstellte, wenn sie nun wieder alleine die Mittagsstunde frei in der Anlage verbringen durfte. Ihre Fersen schlugen leise an den Beton.

Ein Kind würde sie nun wohl nicht mehr haben, dachte sie dann. Und deshalb war es sehr schade, daß Seepferdchen das Aquarium nicht recht vertrugen. Denn sie hatte gelesen, Seepferdchen zeigten Zutraulichkeit. Seepferdchenaquaristen hatten beschrieben, wenn sie an die Scheibe träten, würde so ein Seepferdchen gerne mit seinem Nahekommen antworten. Steckte dann der Aquarist seine geöffnete Hand ins Wasser, so konnte es sein, daß sich das Seepferdchen mit dem Schwanz in einer Art Klammergriff an einen seiner Finger hängte. Und mit dem Rüssel suchend würde es das gestreute Plankton fressen oder sich an einer gereichten Krabbe schmatzend festsaugen.

Sie stand auf. Es war sehr warm. Sie spürte die Feuchtigkeit auf ihrer Haut. Sie sah sich um. Wie verblaßte Scherenschnitte zog sich das Band der Passanten weiter. Die nackten Einheitsfenster der Institute und Büros waren ins flimmernde Grau der Fassade übergegangen. Die Sonne hatte den Zenit überschritten, die Zeit der Schatten begann.

Einmal werde ich nachts hierherkommen, dachte sie und richtete sich auf. Und dann werde ich es sehen:

In all den Fenstern, sie fuhr mit den Augen langsam die Fassaden ab, in all den Fenstern wird schwach das bläuliche Licht stehen. Und über all die Bildschirmschoner werden bunt und bunter und unaufhörlich die Fische ziehen und sich drehen, unaufhörlich die Fische in den Fluten aller Fenster in der See der Nacht.

Der Stuhl in London

Henrike war fortgegangen. Sie hatte gesagt, ich könne sie später bei Timothy anrufen. So blieb ich den Nachmittag über in der Wohnung und las herum. Aus einem Kinderbuch, das in London spielte, hatte ich mir den Satz notiert: »We didn't have a television yet, so I couldn't switch it on to make things sound normal.« Dann nahm ich die Untergrundbahn bis Waterloo. Es war wohl Sonntag. Um zu wissen, wo ich war, lief ich hinüber zu dem Riesenrad, das sich in großer Höhe langsam über der Themse drehte. Es hieß London Eye und kam in dem Kinderbuch vor. Familien standen noch Schlange vor den sich kaum merklich neigenden und ansteigenden Glaskabinen. Das Aquarium, einige Schritte weiter, war schon geschlossen. Durch die Scheiben sah man hinein in eine Vorhalle zu einem alten Auto, in dessen Innenraum bunte Fische schwammen. Kopfüber stießen sie in den Sand. Ich trödelte weiter über die Brücke. Es roch nach gerösteten Erdnüssen und Algen.

Langsam wurde es dunkel.

In Westminster Abbey, hatte Henrike gesagt, sei Evensong. In einer fremden Stadt ist eine Kirche immer ein sicherer Ort. Für Touristen blieb sie zu dieser Stunde geschlossen. Ein rot livrierter Kirchendiener ließ mich passieren, einer in schwarz wies mir einen Platz zu. Dicht an dicht saß man in Anoraks und dicken Mänteln.

In doppelter Reihe lief ein Chor von Knaben ein. Gesicht an Gesicht öffneten sich Münder über den weißen Kragen. Dann wurde es in den hellen Stimmen still. Nach dem letzten Lied verließen die Gläubigen aufgeräumt das Schiff.

Draußen regnete es jetzt stärker. Die Straßen spiegelten voller Lichter. Es war schwierig, sich zu orientieren. Ich sah nur spitze Winkel und den Fluß. Ich würde noch nicht anrufen können.

Irgendwo hier in der Nähe mußte der Trafalgar Square sein. Die National Gallery war wohl noch offen. Auf einmal wollte ich Bilder sehen, sichere Stilleben. Schimmernde Tische mit Batisttüchern und ewiges, matt beschlagenes Silber und Gläser. Einen Granatapfel, ein Stück Brot.

Ich rannte los. Die Straße dehnte sich. In einer enormen Hofeinfahrt stand eine berittene Garde. Dann drehte sich endlich von ferne der helle Platz. Ich nahm die Marmortreppen hinauf zu den Säulen. Der Saal der Flamen lag in einem hinteren Flügel. Es galt, keine Zeit zu verlieren. Mit angespannten Schultern kreuzte ich den Raum der Impressionisten. Und es war fast schon geschafft, ein hohes Holzportal eröffnete die nächste Flucht, da zwang mich etwas stehenzubleiben. Es kam von hinten, wie etwas Giftiges, Phosphoreszierendes. Es mußte mich den ganzen Weg durch den Raum verfolgt haben. Ich drehte mich langsam um. Und natürlich, da waren sie, die furchtbaren Sonnenblumen, die französischen Hügel, der alte Arzt. Zu Tode gesehen. Jedes Bild das Echo eines Echos aus Küchen, Seniorenheimen, Sprechzimmern.

Und da war das Licht, der Stuhl. Ein Stuhl.

Ich kannte ihn nicht. Natürlich kannte ich ihn. Er kam

dauernd vor. Dieser Holzstuhl des Südens, mit geflochtener Sitzfläche. Unverwüstlich, der Stuhl der Tavernen, der Straßencafés, der einzige Stuhl neben der kleinen Schlafstatt. Der gute Dritte in der Dreieinigkeit ersten Seßhaftwerdens: Tisch, Stuhl und Bett. Das Minimalprogramm Heimat.

Jetzt hing er hier alleine, gleich am Eingang des Saals. Ich ging zu ihm zurück.

Dieser lumpige Stuhl leuchtete. Ich trat ganz nahe an die schwere Kordel, die die Museumsbesucher zum Abstand zwang.

Ausgeschlagene rote Steinfliesen. Vier staksige, leicht krumme Beine. Eine Sitzfläche aus Bast. Da wo das Flechtwerk zwei sich kreuzende Diagonalen bildete, lag eine Pfeife, daneben zerknülltes Papier oder ein Taschentuch. Es war nicht genau zu erkennen. Ein Blau schimmerte um die Rückenlehne, dahinter eine gekalkte Wand, grünlich, eine blaue Tür, die ebenfalls grünlich war. Ein helleres, kaltes Gelb auf der unteren Stuhlleiste, auch auf der oberen Lehnenkante ein harter gelber Strich. Nirgends ein mildes Holzgelb oder Braun, wie zu erwarten gewesen wäre. Der Raum, in dem der Stuhl stand, als könne er ihn ausfüllen, blieb nur grob angedeutet. Im Hintergrund sah man angeschnitten eine Holzkiste mit weiß Gott welchem Gekrümel. Blumentrog? Es hätte genauso gut ein schlicht zusammengezimmerter Sarg sein können. »Vincent« stand darauf, in schwarzen Lettern, wie gedruckt. Er zeichnete, dachte ich, mit seinem Vornamen, mit dem ihn Eltern, Freunde gerufen haben mochten. Und nicht das Bild, sondern einen Gegenstand, den er gemalt hat. Vielleicht zeichnete er auch nur, daß er den Stuhl gesehen hat. Als Zeuge sozusagen. Der was bezeugte? Jedenfalls signierte er diese komische Kiste im Hintergrund. Und die Buchstaben zerfielen zu kleinen Emblemen, als seien es Brandzeichen im Holz.

Die Legende neben dem Bild sagte, daß das zerknüllte Papier oder Taschentuch neben der Pfeife Tabak sei und der Sarg eine Kiste mit einer Zwiebel. Eine keimende Zwiebel wohl. Auch gut. Und mir völlig egal.

Er muß den Stuhl gemalt haben, der direkt neben ihm stand. Er hat gerade die Pfeife dorthin abgelegt, das Päckchen mit Tabak und dann den Pinsel genommen. Der Blick kommt von oben. Wenn das Bild etwas tiefer hinge, könnte einer meinen, er könne sich setzen. Aber dieser Stuhl war schon besetzt. Und diesen Raum konnte niemand betreten. Es gibt Bilder, die einladen, die Arkadengänge öffnen, Galerien, Spiegelfluchten für den willigen Gang der Vorstellung. Aber hier stimmte schon die Perspektive nicht. Die Fluchtpunkte täuschten, die Linien verfehlten sich. Selbst die einfachen Kachelfugen verliefen nicht parallel. Und das starke Kreuz im Flechtwerk war um ein weniges versetzt zu den möglichen Raumdiagonalen, nur um ein weniges, aber genau diese kleine Abweichung gab dem Bild eine Drehung und nahm den Betrachter mit in den Schwindel.

Jeden Augenblick konnten die Kacheln aufbrechen. Die roten Kacheln mit ihren grünen Fugenschatten. Sie antworteten auf die Farben der Zwiebel. Und dann war es die Leinwand, die hier selbst mitmalte, als sei sie nicht nur Malgrund, sondern lebendiger Boden, auf dem etwas Wirkliches wuchs, wirklich wie eine austreibende Frucht.

Der Strom der Besucher umfloß mich wie ein Hindernis. Manchmal bildeten sich Menschenstrudel an meinem Starren und lösten sich wieder auf. Wenn die fremden Köpfe nah waren, hörte ich das Rauschen der Audioführer. Der Stuhl hingegen war still.

Man sah es ganz genau. Immer wieder kam die sackige Leinwand durch. An der Türangel, oben links über der Zwiebelkiste, unter dem grünen Blau des Wandverputzes. Auch an der Tür zeigte sich der grobe Grund, dessen Rot von den pastosen Kacheln her unter allem aufzusteigen schien. Die Materialität der Leinwand ersetzte die Palettenfarbe, als käme es gerade hier auf einen kreatürlichen Boden an, als suche die Sehnsucht sich einen Trost im groben Acker, der fetten Erde, in einer Arbeit, die nicht nur artistischen Ursprungs war.

Seltsame Töne. Cadmiumgelb vermutlich, Manganblau, Siena gebrannt, die Grüns daraus gemischt.

Und dann immer wieder nur wässrig hingetuscht ein Hauch von Ultramarin, der das Gelb des Holzes noch kälter machte und ihm eine flimmernde Ferne gab, ganz nah vor dem Auge.

Eine Pfeife gehört in ein Gesicht. Und dieser Stuhl war ein Gesicht. Ein Statthalter für einen, der heute keinen anderen Ausdruck für sich fand als diesen gerade noch vertrauten Stuhl. Aber selbst der gewitterte schon, gemahnte an Schwefel in seinem unversöhnlichen Gelb. Er schrie vor Licht. Er stand in einer Zimmerecke auf dem Ackerboden der Provence, die bebte.

Aber der Maler hat seinen Namen, seinen Rufnamen, auf

die Zwiebelkiste gesetzt, als könne er alles noch einmal besänftigen. Als sei er ein Müller, der seine Insignien auf seine Mehlsäcke druckt, als sei sein Tun noch in der archaischen Ordnung: Vincent. (Es war ein Selbstbildnis. Das war sicher.)

Ein elektrischer Gong kündigte die Schließung an. Uniformierte Frauen gingen schon herum und sammelten die Audioführer ein. Es fiel mir schwer, mich umzudrehen. Dann hatte sich das Licht in meinem Rücken geändert.

Unten im Museumsshop kaufte ich eine Postkarte.

Zwischen den Säulen floß die helle Londoner Nacht dahin. Ich legte die Postkarte auf eine Pfütze, wo sie im Sprühregen langsam zu glänzen begann.

Gischt und Lagune

Die Mutter ist ein brauner Fisch. Wenn sie auf dem Bauch im Wasser liegt, tauchen ihre Fersen auf wie rosa Perlen. Ihr Mund ist eine Mondsichel über dem Wasser, ihr Kinn ist verschwunden. Sie reißt die mandelrunden Augen auf. Schwarzes Haar klebt ihr in Algensträngen am Hals, bis es von den Schultern wegschwimmt. Das nackte Kind vor ihr tapst im Wasser. Der Vater sitzt daneben und hält es am Arm. Mit der anderen Hand schöpft er Wasser und läßt es über die kleinen Schultern rinnen, den gewölbten Bauch, dann wieder über den Kopf, die Arme. Der Vater formt es noch einmal mit dem Meer. Alle Kinder sind schaumgeboren. Das Kind lacht und windet sich. Revanui haben die Eltern es getauft, Revanui heißt »die große Zeit«. Die Mutter schiebt sich im Unterarm-Krebsgang um ein weniges weiter in die Wellen zurück und sieht den beiden zu, die nun ein Seeungeheuer mit zwei Köpfen machen. Bis die Kleine hochkrabbelt und auf dem Vater zu springen beginnt. Revanui ist sieben Monate, das ist ein Alter, in dem europäische Kinder gutverpackt und angeschnallt in ihren Wippen hängen und kaum sitzen können. Revanui ist oft am Meer. Ihr Vater arbeitet bei der Gemeinde von Papeete, aber abends, wenn die Sonne milder ist, fährt die Familie an den Strand. »La mer est bon pour les enfants«, sagt der Vater, und im Klang ist »la mer« nicht unterscheidbar »la mère«, was dasselbe ist in der Lagune, wo die Mutter, ein schnappender glänzender Fisch, bäuchlings mit rosa Fersenperlen spielt.

Abends kommen die Fische an Land. Parallel zur Lagune, dem korallenen Zwillingsstreifen des Strandes, umrundet ein zweites, von Menschen gebautes Riff aus Stein, Sand und Teer die Insel, an dem sich der innere grüne Ozean von vulkanischen Wäldern in tropischen Gärten bricht. Die breite Straße von Tahiti ist die Verkehrsrinne der Zivilisation, an ihre Ränder schmiegen sich Wohnsiedlungen, Einkaufszentren, Schulen, Tempel und Werften, deren Dichte mit der Nähe zur Hauptstadt Papeete zunimmt. Tahitis Straße ist Markt. An den Stangen der offenen Lieferwagen hängt aufgefädelt die Meeresbeute des Tages, Fischzöpfe wie aus fetten Blüten: rosa, flachsfarben, grün, blau, korallenrot, metallic, grau. Während die Fischer im Schatten beieinander dösen, läuten ihre Frauen die Schiffsglocken, um Käufer anzulocken, und wedeln mit gefalteten Zeitungen gegen die Fliegen.

Es ist die Zeit, da die Trucks pausenlos fahren. Die abblätternden Lieferwagen mit den langen, hölzernen Sitzbänken sammeln ein, was um Papeete herum noch unterwegs ist. Bald werden sich die Spektakel der barocken Sonnenuntergänge entzünden und die Farben vor dem Scherenschnitt der Schwesterinsel Moorea noch einmal wehmütig aufjubeln, bevor die Nacht pünktlich wie ein Theatervorhang fällt.

»Il est interdit de boire et de fumer.« Schulter an Schulter schaukeln die Fahrgäste im Rollen des Dieselmotors und kümmern sich nicht um das handgemalte Schild neben dem offenen Einstieg. Abends werden auch Verbote müde. Zwei Schüler, die Kollegmappen auf dem Plankenboden, zupfen geschnittenen Tabak aus indigoblauen Bisonpäckchen und blasen den Rauch mit zugekniffenen Augen und schrägem Kopf aus den heruntergelassenen Schiebefenstern. Ein alter Gärtner kippt eine Hinano-Bierdose; ein Tattoo läuft über die rechte Hälfte seines Gesichts, den schweißglänzenden Brustkorb hinunter bis in die Fingerspitzen. Im Fahrtwind mischen sich die süßen Abgase mit einem bitteren Wind vom Meer. Ein dunkelhäutiges Mädchen ist auf dem Schoß seines Opas eingeschlafen, der ihre nackten Füße in der Hand hält, als hüte er kleine Tiere. Die Großmutter dämmert unter ihrem frisch dekorierten Strohhut für Sekunden ein, um schreckhaft immer wieder hochzufahren. Der überladene Truck hält und nimmt zwei Rucksacktouristen auf. Auch die mittlere Bank, auf der man in Fahrtrichtung rittlings sitzt, ist voll. Aber dann hebt einer sein Bündel Ananas auf den Schoß und ein anderer die Plastiktüte voller Mangos, man ruckelt und rutscht, und der asiatische Rucksacktourist paßt noch hinein. Wer hier sitzt, spürt nun den Hintern des Vordersitzers zwischen den Knien oder Schenkeln und die Knie oder Schenkel des Hintersitzers am eigenen Gesäß. Doch es wäre unfreundlich, jemanden zurückzuweisen, der mitfahren wollte. Und zum Stehen ist der Seegang auf der Straße von Tahiti zu hoch, in diesen rasanten, ungefederten Trucks, die nur einen, immer offenen Eingang haben, aber keine Tür. »Le bateau, le bateau«, ruft das Mädchen, das aufgewacht ist, und zeigt hinaus auf ein erleuchtetes Schiff, das wie die Überblendung eines Hochhauses über dem Wasser schwebt. Der Fahrer schaltet krachend und gibt Gas. Hinter der Scheibe strahlt sein geflochtener Hut, von dem die Palmzweigstacheln wild abstehen wie der Fetisch eines Gegenzaubers.

Nachts ist das Meer ein Schild aus schwarzem Metall mit einer weißglühenden Leuchtspur draußen, wo der Ozean gegen das Riff schlägt. Es wird nicht kühl. Die Zehen bohren sich in den sonnenwarmen Strand, eine spröde Substanz aus vulkanischem Sand, zerriebenem Kalk, Muschelscherben, kleinen Korallenzweigen.

Gérard-Moana setzt sich. Er ist 31 Jahre alt. Er erzählt: Sie nennen mich Moana, den Ozean. Als ich geboren wurde, warf mein Vater die Nabelschnur ins Meer. Bei uns bedeutet das, der Junge wird Fischer. Wenn du die Nabelschnur in die Erde vergräbst, wird er Bauer. Aber mein Vater wußte, ich würde Fischer werden, das war ganz klar. Und ich bin Fischer geworden, ein richtiger Fischer. Ich fische nicht in der Lagune, ich fische draußen, in den Wellen. Ich tauche mit der Harpune, nein, nicht mit Sauerstofflaschen, das habe ich noch nie getan. Ich gehe so runter. Wir machen das alle so. Schwimmen lernen wir, wenn der Ball ins Wasser rollt, wir laufen hinterher und holen ihn wieder raus. Mit fünf Jahren hat mich mein Vater in die Lagune mitgenommen. Er ist nach Muscheln getaucht. Erst gehst du zwei Meter runter, dann drei, schließlich zehn Meter. Mit fünfzehn Jahren habe ich angefangen, hinter dem Riff zu fischen. Heute tauche ich 25 bis 30 Meter; ich bleibe zweieinhalb Minuten unter Wasser. Das ist nicht besonders viel. Ich habe Gefährten, die machen vier Minuten, und es gibt hier einen, der taucht sieben Minuten. Das macht er mit einer speziellen Atemtechnik. Er hyperventiliert, bevor er runtergeht. Früher hatten wir nur Holzharpunen. Das war viel schwieriger, denn das Holz saugt sich voll und dann ist sie nicht mehr präzis. Und es wird zu schwer. Du mußt dir vorstellen: Du bist in den Wellen, du siehst den Fisch vor dir, du zielst, aber die Welle schlägt dir die Harpune um. Heute haben wir Fiberglasharpunen, Schußweite zwei Meter und mehr. Die sind leicht und verziehen sich nicht. Und wir haben Pfeile aus dem besten Stahl der Welt. Sie kommen aus Johannesburg.

Ich kenne die Fische. Sie sind wie wir. Sie sind neugierig. Es gibt welche, da mußt du eine Wolke machen, so ein bißchen Sand aufwerfen, dann kommen sie und wollen sehen, was los ist. Bei anderen mußt du auf den Boden klopfen, tock, tock, bei wieder anderen mußt du mit einer Koralle kratzen, und dann gibt es welche, da mußt du grunzen, ja, na eben so wie ein Schwein. Aber bei manchen mußt du vor allem die Augen zumachen, du darfst sie nie mit geöffneten Augen anschwimmen. Wenn sie deine Augen sehen, sind sie weg. Und wenn du zielst, mußt du ganz sicher sein, daß du triffst. In die Schläfe. Wenn du nur am Bauch triffst, zieht dich der Fisch mit, ich meine, so ein Thunfisch, vielleicht von 40, 50 Kilo, der zieht dich mit, die Maske rutscht dir ab, du läßt die Harpune los. Und das war es dann. Außerdem mußt du auf die Rochen aufpassen. Sie greifen an. Ich habe auch eine Harpune dabei nur zur Verteidigung.

Ich bin Moana, der Ozean. Früher habe ich nur vom Fischen gelebt. Aber die Riffe hier sind schon ziemlich leer, weil sie alle nachts fischen. Mit Lampen, wenn die Fische schlafen. Jetzt habe ich eine Arbeit bei einer Perlenfarm auf den Gambiers angenommen, nicht wegen der Arbeit, sondern damit ich rauskomme auf ein Atoll, damit ich wieder richtig fischen kann. Ich mache meinen Job, klar, aber die Zeit vorher und nachher gehört mir. Bah, du kannst es dir nicht vorstellen, da gibt es Tausende von Fischen, Tausende, alles ist schwarz, schwarz von Schwärmen. Ich muß jetzt gehen, morgen fliege ich zu den Tubuai, auf die Australes, dort gibt es einen großen Wettkampf. Da treffen sich die besten Fischer aus ganz Polynesien.

Moana steht auf und grüßt. In seinen Kniekehlen glänzt das Mondlicht, bis er hinter einer Kokospalme verschwunden ist.

Es gibt die Vögel des ersten Lichts. Sie schreien dem pazifischen Morgen entgegen, lauter als die Brandung vor dem Riff und lauter als der in der Dämmerung anrollende Straßenverkehr. Dann ist der Tag da, hell wie eines Messers Schneide. Er entzündet das tropische Grün, indem er es auslöscht: in Glanz. In der Früh gehören die Trucks den Schülern, die aus Tüten krümelnd essen, den Müttern, die die Kleinsten begleiten, aneinandergeschmiegt Nase an Kinn, Haar in Haar, und dem einen oder anderen Fischer, der den Fang der Nacht schon am Strand verkauft hat und nun nach Hause fährt. Unter ihren Quicksilver-Wollmützen wachen drei schlaksige Knaben auf. Auch ohne ihre Bretter sind sie als Surfer zu erkennen.

Die Nacht ist von allen abgeflossen wie das Meer. In einer lasziven Entspannung sitzen sie nebeneinander, Modulationen der Ethnien einer südpazifischen Insel, über die Asien und Europa gekommen sind. An den polynesischen Körpern ist nichts, das nicht rund wäre. Noch die nackten Füße in den Plastiksandalen stehen nach innen gerichtet, als wollten sie einen Kreis schließen. Und ein Ellenbogen ist eine braune Kuppe der Sanftmut. Ein Schuß chinesisches Blut und die Backenknochen treten zurück, das Kinn wird spitzer, die Gliedmaßen verlieren das Muskulöse. Das Französische streckt die Gestalt, läßt die Haut heller sein. Und dann wirft ein Botticelli-Engel seinen Sturz blonder Locken zurück und antwortet dem Gauguin-Lachen der Freundin, beide beißen in ihr Baguette und kauen und haben keine Ahnung, wie schön sie sind.

Draußen ist die Straße nun fünfspurig und der Truck pflügt sich durch den beginnenden Stau. Zeitungsjungen springen und schlängeln die Wagen entlang und verkaufen die frische »Depèche de Tahiti«, die der Fahrer über dem Lenkrad schon lange liest.

Pablo hat keinen Truck genommen, um ins Lyceum in Papeete zu fahren, wo er sein fachspezifisches Bac macht für angehende Architekten. Offiziell ist Pablo heute krank, genaugenommen aber spürt er den Sog der Wellen. Pablo merkt das schon morgens im ganzen Körper. Und wenn das so ist, dann nimmt er sein Board und steigt in den Bus Nr. 7, der die Westküste abfährt. In Papara gibt er dem Fahrer ein Zeichen. Papara ist in Ordnung. Natürlich, Teahupoo eine gute Stunde weiter, da, wo die Küstenstraße von Tahiti aufhört, Teahupoo im Mai ist etwas anderes, aber jetzt ist dort gar nichts los. Und in Papara, wo der Pazifik am Passe de Faarearea, durch kein Riff gebrochen, direkt hereinkommt, sind die

Wellen noch gut. Pablo kommt von den Marquises, in Tahiti geht er auf die Schule. Aber Surfen hat er auf Hawaii gelernt. Sein Brett fällt auf: Es ist länger als die Bretter, die die Jugendlichen hier haben, vorne nicht spitz, sondern abgerundet und aus Holz. Aus hellem und dunklem, mit Bootslack überzogenem Holz. Es ist schwerer als ein Kunststoffbrett, doch Pablos Schritt federt. Jetzt hat er den schwarzen Sand erreicht. Hunde mit salzverklebtem Fell kreuzen die anthrazitfarbene Fläche und hinterlassen samtfeuchte Pfotenabdrücke zwischen den hellblauen Prielen. Pablo zieht ein Stück Paraffin aus der Shortstasche und reibt die Standfläche ein, damit er nicht ausrutscht. Dann geht er zum Wasser. Im Laufen hat er den Wellengang inspiziert. Er hat einen Blick für die Serien, er weiß, wo sich Seitentäler schräg zu den Hauptwellen bilden. Er wirft sich mit dem Bauch auf das Brett und krault mit den Armen los. In wenigen Zügen ist er draußen, da, wo die Wellen sich meterhoch aufwerfen, bevor sie in einem gewaltigen Bogen niederbrechen. Jetzt ist Pablo nicht mehr zu unterscheiden von den anderen Surfern, die wie Flöhe im Blau zu springen scheinen. Nur manchmal verrät ihn sein T-Shirt als einen winzigen roten Punkt.

Auf Tahiti ist der Übergang vom Land zum Wasser nicht erheblich. Wenn die Luft 28 Grad hat, liegt die Wassertemperatur vielleicht zwei Grad darunter. Meer und Luft scheinen nur verschiedene Aggregatzustände derselben Substanz. Auch die Kleidung wird amphibisch. Die Plastiksandalen, die alle tragen, sind gut auf dem heißen Pflaster Papeetes und unverzichtbar am heißeren Strand, und niemand schwimmt ohne sie über die Lagune, der weiß, was eine Korallenbank ist. Hemden, Hosen, Tücher sind meertauglich. Der leichte Stoff trocknet so schnell wie das Haar. Soll er trocknen? Man döst, den Kopf auf dem Sand in die Unterarme gelegt, den Körper umspült im dämmernden Bewußtsein, daß wir schwimmend erst wir selbst geworden sind.

Sie hätten sich in einem Cafe verabreden können. Aber als Tahitianerinnen bleibt ihnen die Lagune als freundliche Alternative. Tehara, 41, und Hinarii, 32, hocken mit stolzen Rücken zwischen Steinen und Korallen und schauen aufs Meer. Sie tragen ihre Brüste wie Schultern, der Goldschmuck liegt auf ihrer nackten Haut wie auf exquisitem Stoff. Ab der Hüfte umspült sie das Meer. Griffbereit liegen die Fläschchen mit Sonnenmilch, eines fürs Gesicht, ein anderes für das Dekolleté. Sie salben sich. Und auch ich solle mir etwas nehmen, die Sonne sei gefährlich hier. Sie nicken aufmunternd. Dann hält Tehara wieder die Angel ins Wasser. »Les poissons sont fatigués«, seufzt sie. Wir rauchen und trinken Volvic-Mineralwasser. Tehara ist aufgestanden. Ein am Slip eingehängtes Tuch klebt an ihren Oberschenkeln, mit ihm kann sie sich über das Gesicht wischen. Wirft sie den Stoff nach hinten über die Schulter, ist er eine Bluse. Sie schaut nach ihren Hunden. Aber Max, der braunschwarze Rottweiler, Brunelle, der weiße Yorkshire, und Lady, der zitronengelbe Zwergpudel, hocken auf den Felsen, ernst wie Seelöwen.

Tehara und Hinarii haben Zeit. Ihre Männer sind Franzosen und unterwegs. Der eine arbeitet als Computerspezialist in Papeete, der andere als Industriemanager auf Neuseeland. Teharas Kinder sind schon groß, die von Hinarii sind in der

Schule. »Ah, ça fait du beau!« Tehara begießt sich mit der Hand, dann holt sie die zappelnde Angel ein und zieht einen blau-rot-grün gestreiften Fisch vom Haken. Der Perroquet kommt in die Plastiktasche zu den anderen noch zuckenden Exemplaren. Hinarii zündet sich die nächste Zigarette an. Das Wasser ist von saphirner Bläue, die Korallen bilden ein verwischtes Pastell aus Ocker, Aubergine und Lachs. Max schnüffelt das Terrain ab, Brunelle paddelt eine Runde und Lady putzt sich. »Ja, es ist gut hier«, bestätigt Tehara mein andächtiges Lob des Ortes, »und es gibt keinen Rassismus. Die Tahitianer und die Franzosen und die Chinesen und die Amerikaner, sie heiraten alle durcheinander. Deshalb gibt es keinen Rassismus hier. Und das ist gut.« Hinarii lacht. Sie zieht ein weißes Lacoste-Turnhemd über ihren perfekten Oberkörper und setzt eine grüne Baseballmütze auf. Mit zwei Handgriffen ist aus der Südsee-Vahina ein westliches Model geworden, das sich aufmacht zu den Boulevards der Stadt. »Viens!« ruft Tehara und zerreißt ein rosa Stück Rindfleisch zwischen den Fingern. Eigentlich war es für die Fische gedacht, aber sie hat genug gefangen und offeriert den Rest nun den treuen Hunden.

Das Ufer kennt Hütten und Paläste. Auf Tahiti sind alle Strände öffentlich. Aber nur wo sie unverbaut sind, gehört das flache Meer selbstverständlich allen. Dann wird das eben schwankende Türkis leicht zum Küchentisch, auf dem eine große blaue Kühlbox schwimmt.

Zwei dicke Frauen mit zwei nackten Kindern hocken im Wasser und putzen rote Fische. Das Meer hebt die Kühlbox, hebt die Kinder, die Mütter greifen nach den Kindern, nach den Fischen. Mit einer Gabel kratzen sie über die Fische, tauchen sie ins Wasser, um die gelösten Schuppen wegzuspülen. Die Kinder plantschen um die Truhe, tauchen prustend ab und werden in einem Handgriff mit Gabel und Fisch wieder hochgezogen. Manchmal schwappt Wasser in die schwimmende Box.

Die beiden Frauen sind Mutter Cosette, 37, und ihre hochschwangere Tochter Harrie, mit 17 das zweitälteste ihrer fünf Kinder. Die beiden Kinder sind Patamo, der einjährige Jüngste von Cosette, und der um zwei Monate ältere Saramona, Harries erster Knabe. Kind und Enkelkind oder Onkel und Neffe werfen Steine in die Kühlbox, dann schwanken sie weiter. Während Cosette emsig putzt, strahlt Harrie mit weitem Blick über ihren Bauch hinweg ins Meer. Sie beugt sich über die Box und fingert aus einem Glas eine tropfende Substanz. »Willst du auch?« fragt sie herzlich und präsentiert ein lappiges Grau, das sie auf ihrer Handfläche sternförmig auseinanderzieht. »Roher Seeigel«. Das Ding schmeckt süß und salzig und süß.

»Ici les jeunes filles devient mère très jeunes?« frage ich unnötigerweise. – »Souvent à la mer«, antwortet Mutter Cosette souverän, und Harrie lacht. Cosette hat sich Onkel und Neffen um die Hüfte geklemmt und kreuzt mit ihnen durchs Wasser, um sie sandfrei zu bekommen. Harrie hängt an der schwimmenden Kühlbox mit den Fischen und paddelt ein wenig in die Tiefe hinaus.

Heller Sand wechselt mit runden vulkanischen Steinen, mit dunklem Sand, mit Korallenschotter. Manchmal ist ein Fluß zu durchwaten. Familien haben Tische ans Wasser gestellt und essen, auf improvisierten Stühlen nebeneinandergereiht, die Teller auf den Knien. Blaue Fischernetze hängen im Hibiskus, im Mangobaum wie Dörrobst. Neben einer geflochtenen Fischerhütte spritzt eine Mutter mit einem Gartenschlauch ihren jungen kurzgeschorenen Hermaphroditen ab. Er zappelt unter dem Strahl und läuft ihr dann entgegen in das Handtuch, das sie lachend nun mit den Armen für ihn aufspannt.

Beim Avamanini-Paß kommt das Riff in einem weiten Bogen an den Strand und wird bei Ebbe zur porösen Promenade durch einen erntebereiten Meeresgarten voller Muscheln, Schnecken, Krabben, Langusten. In Prielen zucken Fische, tote Garnelen treiben durch schwimmende Algenfinger. Dann wischt das tosende Meer das Bild aus, um im Rückzug ein neues zu entlassen. Mit Messerchen und Plastiktüten waten Frauen durch das diffuse Fluten. Ein Griff, und schon ist eine dicke Schnecke abgebrochen, die ihren Fuß einzieht und das Gehäuse mit einer kalkigen Scheibe schließt. Ein Messerstich in eine unauffällige Wellenlinie im Sand, und schon schließen sich die Lippen der Auster fest um die Klinge und die Beute kann unter Schütteln herauszogen werden. Zum Ozean hin fällt das Riff stellenweise steil ab, dort stehen Fische in den Farben von Schmetterlingen.

In einem Windstoß hat das Wetter umgeschlagen. Im Regen ist der Truck ein Schiff, dessen Sprossenleiter an Deck führt. Er rast durch die Pfützen, die sich im Nu bilden. Er poltert durch die Palmen im schrägen Guß. In einem Kokoshain stehen weiße Kühe still. Durch die offenen Fenster spritzt das Wasser wie Gischt. Motorrollerfahrer haben ihre Bodyboards vor die Knie geklemmt und überholen mit eingezogenen Köpfen. Die Straße taucht unter in Wasser und Dunst. Fische hängen im Regen. Und durch die Fluchten zwischen den Wellblechhütten, den Tankstellen, den Supermärkten und Tempeln schickt das Meer seine verläßlichen blauen Leuchtzeichen.

»7 km« oder Das Feld der Wunder

Und auf einmal konnte man alles kaufen! Lora, zart geschminkte Rentnerin, streicht ihr rotgoldenes Haar aus dem Gesicht. Sie erinnert sich noch genau. Sie räumt die Suppenschalen weg und kommt mit einem geblümten Teller zurück. Vor uns zittert nun ein glubschäugiger Lachskopf auf dem Resopaltisch. Wir sitzen in Loras Küche in Ovidiopol am Schwarzen Meer. Der Ort, sagt Kirill Golovchenko, der junge Photograph aus Odessa, nennt sich nach Ovid, weil man glaubt, er sei hierher verbannt worden. Iß die Bäckchen, sagt Lora, und greift hinter die Kiemen. Vor 1991 fuhr hier jeder, der konnte, nach Moskau, sagt sie, einmal im Jahr. Sie habe das auch gemacht, für die Kinder. Von Odessa 36 Stunden mit dem Schnellzug. Und dann brachte sie Butter mit, Schokolade, Wurst und Wäsche, ja deutsche Wäsche, die guten Unterhosen. Und auf einmal konnte man hier alles kaufen.

Mit der Perestroika wuchs in Odessa beim Busbahnhof ein kleiner, halb illegaler Flohmarkt. 1989 war er so groß, daß er vor die Stadt ausgelagert wurde, sieben Kilometer entfernt auf eine stillgelegte Deponie, die man schnell sauber asphaltiert hatte. Die ersten Verkaufsstände waren auf dem Boden ausgebreitete Zeitungen. Dann kamen Klapptische aus Plastik und Leichtmetall, hölzerne Stände, Zelte. Die Odessiten nannten das Areal nun auch »Feld der Wunder«. Und alle staunten.

1995 kam ein unbekannter Held der neuen Zeit auf eine Idee. Ihm waren die ausrangierten Schiffscontainer im Hafen von Odessa aufgefallen. Die standen herum und rosteten. Heute ist der »7 km«, Europas größter Freiluftmarkt, eine Containerstadt der irrlichternden Möglichkeiten. Auf dem Gemeindeland von Ovidiopol laufen in vier schachbrettartig angelegten Arealen über rund 70 Hektar Straßen aus 16 000 ausrangierten Schiffscontainern. Sie stehen meist doppelstöckig übereinander: unten der Verkaufsraum, oben das Lager. Eine eiserne Sprossenleiter verbindet sie. Jeder Container hat eine Nummer. Und damit sich keiner verläuft, wurden die Container angestrichen. Die Farbe ist der Name: Rosa Straße, Graue Straße, Grüne Straße, Aprikosenfarbene Straße, Hellblaue Straße, Blaue Straße. In den bunten Quadern des »7 km« arbeiten 60 000 Menschen. Damit ist der Markt einer der größten Arbeitgeber der Region. An manchen Tagen kommen bis zu 250 000 Einzelkäufer und Zwischenhändler; der Tagesumsatz liegt im Schnitt bei 20 Mio. Dollar.

Aus den Schiffscontainern wird der Luxus gelöscht. »Billigprodukt« ist ein häßliches Wort. Aber der »7 km« ist schön. Schnell, hektisch, ein heißer Rausch, der verspricht, daß alles, alles zu haben ist. Verkauft werden italienische, französische, deutsche Markenartikel aus China, Rußland, der Türkei, der Ukraine. Hier pulsiert, hier kocht der gar nicht diskrete Charme der Kopie. Es ist eine ungeheure Energie, die selbstironisch noch die Kopie kopiert und die internationalen Produktlabel als bunte Muster auf Servietten druckt. In der Wirklichkeit der Schiffscontainer ist die Fälschung das Echte.

Wenn das moderne Odessa sich als ein schreiendes Konglomerat präsentiert aus Sowjetzeit, restaurierter Donaumonarchie und McDonald's, dann ist der »7 km« dagegen ästhetisch souverän. Es scheint, als habe er das »form follows function« des klassischen Designs geradezu spielend stilsicher befolgt. Die Idee des minimalistischen Container-Markts hat sich mittlerweile bis in die Provinz ausgebreitet. Der »7 km« aber gilt als Urform der neuen halblegalen Warenmärkte der ehemaligen Sowjetunion. Vom Schwarzmeerstrand, wo der verbannte Dichter einst trist aufs Wasser sah, könnte er heute die Ausfallstraße Richtung Odessa nehmen. Und einkaufen gehen, seine Plastiktaschen mit einem Fahrradgummi an seine Krawtschutschka festgeschnallt.

Unter dem ersten Präsidenten Leonid Krawtschuk erfand sich der frische Handel in der Ukraine 1991 ein neues Transportmittel. Was das Schiff auf dem Meer, ist die Krawtschutschka in der Containerstraße. Und wie Ozeandampfer und Einbäume auf je ihre Weise seetüchtig und steuerbar sind, so gibt es die Krawtschutschka für die vorsichtig ihre Füße setzende Pensionärin, die mit einem der pendelnden Kleinbusse aus Odessa zum »7 km« kommt, für die sportliche Zwischenhändlerin, die mit einem Überlandbus aus Kiew oder Dnepropetrovsk anreist, wie für den angeheuerten Träger mit tätowiertem Oberkörper, der – seine Zeit ist sein Geld – rennend Container be- und entlädt. Im Prinzip ist die Krawtschutschka ein handbetriebener Gabelstapler auf zwei Rädern, aus Leichtmetall oder Eisen, die Räder aus Plastik von einem alten Kinderwagen oder aus Vollgummi von einem Flugzeugwrack.

Der Markt ist sauber. Müllmänner und Müllfrauen in neonfarbenen Schutzjacken fegen. Viele von ihnen tragen das Punktezeichen, das sie als Stumme kennzeichnet. Die weißgetünchten Plumpstoiletten haben etwas von südlichen Umkleidekabinen am Strand; für 50 Kopijok, eine halbe Griwna, kann man sich an der Eintrittskasse ein Stück von einer Klopapierrolle abwickeln. Auf dem Markt wird in drei Währungen gerechnet. 5 Griwna sind 1 Dollar; 7 Griwna 1 Euro. In der »Privatbank« kann man wechseln und tauschen. Der Kurs ist besser als in den meisten Geldinstituten der Stadt.

Der Markt ist sicher. Vitali, 24 Jahre, verschränkt stolz die nackten Unterarme. Gerne läßt er sich von Kirill photographieren. Seit zwei Jahren arbeitet er hier als einer von 1500 Wächtern und trägt das helle Kakibeige der Security. Er kommt aus Kotowsk; dort gibt es eine Brotfabrik und eine Möbelfabrik, und eigentlich wollte er Pfarrer werden. Dann ist er doch bei den Möbeln gelandet, zwölf Stunden am Tag für 800 Griwna im Monat. Er lächelt. Seine Zähne sind braun. Als er vom »7 km« hörte, erkannte er sofort seine Chance. Hier gab es 1500 Griwna für eine Arbeit, die interessanter war. Vitali arbeitet in Schichten von 24 Stunden, und drei Tage die Woche hat er frei. Und wenn er frei hat, arbeitet er. Auf einer Baustelle. Und wann er schlafe? Er schlafe nicht. Er ist zuständig für einen 10er-Block von Containern. Er beobachtet, welche Container geschlossen bleiben, überprüft die Schlösser, macht einen Rundgang, notiert nachts die Bewegungen der Autos, die ausladen. Vitali lockert die muskulösen Arme. Nein, eine Freundin habe er nicht, sagt er, dazu habe er keine Zeit. Er spare. Auf was? Auf ein Auto, sagt er und strahlt. Denn dann könne er mit dem Auto zur Arbeit fahren.

Die Luft flimmert vor Hitze. Ein ungeheurer Glanz adelt noch die schäbigste Containerwand. »Füße, Vorsicht!«, schreien die mit Krawtschutschkas rennenden Träger, »schlaf nicht ein, sonst frierst du.« Der »7 km« heißt bei denen, die ihn lieben, auch »Schubsermarkt«.

Auf einmal steht ein zweiter Sicherheitsmann neben uns. Warum Kirill photographiere, fragt er. Und dann geht es ganz schnell. Erst zum kleinen Chef in einem schummrigen Kabuff, von dort zum größeren Chef in einem Gebäude, Treppe hinauf. Im Büro mit den Kunstledersesseln läuft ein Fernseher, eine Liebesgeschichte. Der Sekretär lächelt verlegen, der Chef fragt, ob wir was trinken wollen. 33 Jahre lang war er Oberst, viele der Sicherheitschefs hier kommen vom Militär. Wie viele es sind, will er nicht sagen. Unter ihm arbeiten 80 Sicherheitsleute, zuständig für 8000 Verkäufer. Dann kommt der nächsthöhere Chef. Der macht nur die Geste sich kreuzender Arme, die ruckartig auseinanderschnellen. Er zündet sich eine Zigarette an und erklärt beiläufig, man solle uns sofort zum Ausgang bringen.

Der Chef der Chefs heißt Victor A. Dobrjanski. Er ist Direktor der ehemaligen Sowchose »Avangard«, die heute

»AG Avangard-D« heißt, »D« wie Dobrjanski. Ihm gehören verschiedene Ländereien, Immobilien und der »7 km«. Alle, die hier etwas verkaufen – und seien es nur Sesamkringel aus einem Schuhkarton oder um ihr Leben rudernde Langusten in einer Plastiktüte –, bezahlen. Herr Dobrjanski ist nicht da. Kirill spricht ins Handy, wie seit Tagen. Sein Vertreter ist im Augenblick ebenfalls nicht da. Sein Pressesprecher, zugleich Leibwächter, persönlicher Assistent, Fahrer, Sekretär, ist da, gibt aber keine Interviews. Dafür gibt es ja die Internetseite. An Photographien hat der »7 km«-Markt kein Interesse. An ausländischen Zeitschriften noch weniger. Wir nehmen den nächsten Eingang in den Markt zurück.

Es ist heiß. Die Sonne fährt in den Asphalt wie in einen Energiespeicher. Wir werden von unten und oben angestrahlt. Und wir wollen lieber nicht wissen, was unter dem Asphalt alles liegt. Wir trinken Mineralwasser aus Plastikflaschen. Oder Kwas, das Gebräu aus Malz, Roggenbrot, Zucker und Wasser, das aus großen Tanks verkauft wird. Wir suchen Schatten im Innern von Containern. Wände voller Rollschuhe wie überdimensionale Bonbons. Ein Rüschenmeer von giftigweißen Blusen, bewacht von zwei blondierten Damen, die, als sie die Kamera sehen, ihre überschminkten Münder synchron aufreißen wie schnappende Fische. Ein Container voller silberner und goldener High Heels. Parfüme. Auf Metallkreise aufgespannte Unterhosen, straff wie startbereite Propeller. Plüschherzen in Kirschrot und Plüschdelfine in Himmelblau. Manche Container sind mit Scheinwerfern ausgeleuchtet, an anderen Ecken baumelt eine Sparglühlampe in einer abgeschnittenen Plastikwasserflasche. Immer wieder

Standarten mit wehendem Mädchenhaarschmuck, eine zu Plastikschaum geronnene duftige Gischt.

»Ah, Tolik«, ruft Kirill. Und Tolik aus Nigeria strahlt mit den weißesten Zähnen und der rosasten Zunge vor seinen deutschen Turnschuhen aus Ungarn und China. Sein Verkaufsstand ist nur die Außenwand eines Containers. Ihm reicht das. Er begrüßt uns mit Handschlag. Er sieht glücklich aus. Ja, er habe elf gute Jahre hier verbracht. Es gibt keinen Grund, über Geld zu reden. Er hat eine ukrainische Frau und ein Kind von sieben Jahren. Einmal hat er Betriebswirtschaft studiert. Seine Frau arbeitet in einer Bank. »You are welcome«, ruft er, und wir werden weitergeschwemmt durch Schildmützen und Taschen und T-Shirts und Gürtel und BHs und Schals. Alles Gucci und Adidas und Dior und Lacoste und Boss und Armani und Chanel.

Komm aufs Feld der Wunder, sagt Kirill und zieht mich am Arm. Wir rudern weiter. Nun keine Container, sondern Nischen, ausklappbare Holzkästen, wie die der Pariser Bouquinisten, Holzbretter als Theken. Einer verkauft Rollen mit Labels zum Aufnähen, sie kosten zwischen 80 und 130 Griwna, je nach Baumwoll- oder Satinqualität, ob »Gaultier« oder »Kangol« ist egal. Es gibt Transferfolien zum Aufbügeln mit Tigern oder Totenköpfen. Plastikbeutel voller Pailletten. Muster von Visitenkarten, wie sie die Standbetreiber bestellen können. Der Markt verkauft auch, was die Verkäufer auf dem Markt brauchen. Natürlich die globalen gewebten Karo-Plastiktüten in allen Größen, Fahrradgummis, Krawtschutschkas. Manche der improvisierten Stände sind durch gespannte Dächer miteinander verbunden. So teilt man sich den kostbaren Schatten. Eine Straße voller Brautkleider;

eine Straße voller Frotteetücher, Straßen voller Lederjacken oder Plastikjacken, die wie Lederjacken aussehen. Dann die Straßen der Pelze. Hier ist es dunkler und so eng, daß die Tierhaare kitzeln. Es riecht nach Wild. In der Intimität der Tierfelle läßt sich ein halbnackter Mann massieren. Auf niedrigen Hockern warten Verkäuferinnen auf Kunden. Oder sie stehen an einen Nutriamantel gelehnt und fächeln sich mit chinesischen Fächern die warme Luft zu.

Olga, 54, arbeitet schon seit zwölf Jahren hier. Vorher hat sie am Band gestanden, in einer Regenschirmfabrik. Dann hat die Fabrik geschlossen. Aber hier sei es sowieso besser. Sie wirft die haarspraysteifen blonden Locken in den Nacken. Sie verkaufe hier jede Qualität, Webpelze und Nerze, auch Russisches Murmeltier und Biberratte. Einen echten Pelzmantel gibt es für 800 Dollar. Aber es geht auch billiger. Aus der Tiefe der Tierfelle kommt Ludmilla, 37, ihre Chefin. Sie hat sich einen schwarzen Nerzgürtel um den Hals gelegt und hängt einen Mantel zurück. Auf dem angehefteten Schild steht: »›Smoothfair‹, made in Greek. Italian Design«. Natürlich kommt er aus Rußland. Sie lacht. Am wichtigsten bei ihrem Job sei, etwas Schönes zu erzählen. Jede Woche hat sie frische Ware aus den großen Lagern in Moskau und St. Petersburg. Manchmal fährt sie selbst, manchmal beauftragt sie eine Spedition. Und der Zoll? Auch ein Zollbeamter habe Kinder, sagt sie. Es gebe Vereinbarungen. Ihr Geschäft gehe gut. Hier auf dem Feld der Wunder bezahle sie 500 Dollar Miete. In einer Containerstraße würde sie 6000 Dollar bezahlen, in der teuren Rosa Straße, gleich beim Parkplatz, noch mehr. Und welcher Mantel gefällt ihr am besten? Welcher?

Sie lacht auf. Oh alle, alle ziehe sie an, jeden Tag einen anderen. Ihre Haare schimmern kupfern im Dunkel, ihr Teint hat die Farbe von Honig. Ihre runden Augen leuchten. Warum sind die Frauen aus Odessa so schön? In unseren Adern fließt das Blut von 60 Nationen, sagt Olga. Und Ludmilla wirft die Arme in die Luft: Das macht der Süden, der Süden, alles brennt! Alles brennt!

Die Männer auf dem »7 km« jedenfalls krempeln sich die T-Shirts hoch bis unter die Brustwarzen und zeigen ihre braunen, schweißglänzenden Bäuche. Wo sich in der Versetzung der Straßen kleine Plätze bilden, sammelt sich der Plastikmüll wie tropischer Schnee. Raben mit aufgerissenen Schnäbeln patroullieren. Eine Katze hat in einem Karton geboren. Auf einer gekippten Krawtschutschka ist ein Träger eingeschlafen. Wir kaufen uns frisches Joghurt, das ein Kiosk mit Milchprodukten anbietet. Lora, sagt Kirill und löffelt aus dem Becher, hat gesagt, wir sollen zu Julia gehen.

Julia, 26, bläst sich Luft unter die Spitzen ihres schwarzen Push-Ups, die aus dem roten Top hervorschauen. Zwischen ihren Brüsten liegt ein Kreuz. Gerade hat sie Kartons umgeschichtet. Da sie keine Regale besitzt, muß sie die Ware stapeln. Sie zieht die weißen Arbeitshandschuhe aus. Julia verkauft Elektroartikel im billigsten Areal des Marktes, da wo auch die Straßen der Chinesen laufen. Immerhin besitzt sie jetzt ein Zelt. Sie hat auf Zeitungen angefangen, vor acht Jahren, mit ihrem Bruder Andrej. Jetzt ist Andrej im Gefängnis. Ein Autounfall, dabei ist doch seine Frau gefahren. Aber die ukrainischen Männer erledigen das so. Julia setzt sich breitbeinig auf einen Karton mit einem Staubsauger. Ihre schmalen, muskulösen Arme stützt sie auf die Jeans, ihre Füße stehen fest in dicken Turnschuhen. Ihre Figur kommt nicht aus dem Fitneßstudio, sondern von der Arbeit. So begabt war Andrej, sagt sie, den ersten Preis hat er für sein Diplom bekommen. Bauingenieur wollte er werden. Aber im 4. Semester war er schon Vater. Jetzt macht sie also allein weiter. Bis Andrej zurückkommt.

Ihre Kunden sind meist Zwischenverkäufer, Leute aus den armen Dörfern, die mit einem Sammelpaket verschiedener Elektroartikel – zwei Bügeleisen, ein Föhn, ein Wasserfilter, drei Mixer – zurückfahren. Sie berät sie, macht Vorschläge, was man brauchen könnte. Wenn die Kunden erfolgreich weiterverkauft haben, kommen sie wieder. Sie stellt ihnen ihre persönlichen Pakete zusammen. Sie schichtet, sucht, baut um. Ihre Kartons sind dauernd in Bewegung. 500 bis 1000 Dollar verdiene sie im Monat, je nach Saison. Man muß Geduld haben, sagt sie. Im Februar passiert gar nichts. Ihre Artikel kommen meist aus China. Und sie hat eine eigene Marke erfunden »Esperanza«, eine Serie von »Esperanza«-Mixern. Sie lacht. Das geht ganz einfach, sagt sie. Du kannst nach China gehen und sagen, ich will Mixer kaufen, aber mit meinem Namen. Dann machen die das. Seither wird sie auf den Bestellisten auch als »Julia Esperanza« geführt. Wieviel Stunden sie arbeite? Oh, sagt sie, frage mich, wieviele Stunden ich schlafe. Und? Drei, vier. Einmal hat sie Ökonomie studiert, auf der Abendschule, und zugleich auf dem »7 km« gearbeitet. Dann ist sie zusammengebrochen und hat die Uni geschmissen. Ich sehe keine Alternative, sagt sie. Und ich will Andrej helfen. Alleine hätte er es hier schwer. Und ist es allein als Frau nicht gefährlich? Doch, sagt sie. Es ist sehr gefährlich. Und im Winter ist es kalt. Wir haben keine Heizung. Letzten Winter ist eine Frau erfroren, weil sie eingeschlafen ist. Sie nickt. Aber Julia Esperanza hat einen Anorak und keine Angst.

Heute werden wir Herrn Dobrjanski treffen, lächelt Kirill. Also doch noch. Wir gehen auf das Fest der Siedlung »AG Avangard-D«, wo die ehemaligen Sowchosearbeiter wohnen, deren Generaldirektor und Gönner Victor A. Dobrjanski dies nun unter westlichen Spielregeln ist. Soweit es die für Oligarchen gibt. Sein Gesicht flattert auf großen, über den Schulplatz gespannten Sonnenblumentransparenten in den Himmel. Darunter auf einer enormen Bühne schluchzt ein schmaler Junge, gerade noch vor dem Stimmbruch, Volksweisen in ein Mikrophon; eine schwarzafrikanische Band in ukrainischer Tracht rappt »No woman no cry«; Jugendliche in Kostümen der Zarenzeit tanzen einen Wiener Walzer. Derweil wird auf der Festwiese Selbstgekochtes verzehrt. Eine 5-Liter-Wodkaflasche kreist, statt eines Korkens hat sie ein Stück Maiskolbenkern als Verschluß. Alles Naturprodukte, strahlt eine blonde Frau mit Goldzähnen und zeigt erst auf die tropfenden Honigwaben, die man auskauen und dann ausspucken muß, dann auf den Eier-Spinat-Strudel und endlich auf den Wodka, 76%. Der Pope trägt einen Bund Gladiolen wie ein Baby und überreicht ihn dem »Weißen Stern«, der Schlagersängerin Oksana Bilosir, einer »Verdienten Artistin der Ukraine«. Er küßt einen Hefezopf und schneidet ihn an. Fast unauffällig kreuzen Bodygards – wie schöne Matrosen – das Terrain. Mädchen gehen, als wollten sie den Gesetzen der Statik widersprechen, auf höchsten High Heels, ein Gürtel liegt über ihren Lenden als Minirock. Ältere Frauen zeigen mit Leidenschaft Decolletée; Männer jeden Alters tragen Trainingshosen. »Siehst du diese Brüste, sie fallen ihr fast aus dem Kleid«, sagt ein schlacksiger Kerl zu seinem Kollegen und sieht einer Schönheit hinterher. »Ich sehe«, antwortet der, »und deshalb will meine Irina nicht alleine nach Hause fahren.«

Dann kommt ein Schwan im weißen Miederkleid, umgeben von zwei französisch gekleideten Kindern und einer beflissenen Gesellschafterin, und die Menge teilt sich. Schon ist ein Gartentisch mit Wein und Melone beladen, mit Salaten und Spießchen, Hühnerbrüsten und Fisch, eingelegten Gurken, Tomaten, Oliven. Die beiden Frauen prosten sich verlegen mit den Plastikbechern zu. Die beiden Kinder zupfen an Stengeln mit rosaroter Zuckerwatte. Als sie sie zur Seite legen, bekommen sie zwei rosa Eistüten.

Ein Tusch, und der »Weiße Stern« steigt von der Bühne herunter und geht auf Victor A. Dobrjanski zu, den sie mit dieser Geste wie ein Scheinwerfer beleuchtet. Er lächelt und nimmt die Sonnenbrille nicht ab. Nun grüßt er nach rechts und links. Ein gedrungener Mann mit Bauch im kurzärmeligen Streifenhemd. Er flaniert über den Platz. Er geht zu dem Schwan im Miederkleid. Er streicht seinen Enkeln über den Kopf.

Bitte vielleicht doch ein kurzes Interview, Herr Dobrjanski? Ihr »7 km«, welche Idee! Was für ein Management! Erzählen Sie, wie es dazu kam! Er küßt mir die Hand. Er lächelt. Er entschwindet mit Tochter, Enkeln, Gesellschafterin zu einer seiner schwarzen verspiegelten Limousinen, Mercedes S 500, Kennzeichen: BH 0101 BK.

Zurück bleibt das schöne Essen, fast unberührt. Die vollen Eistüten schmelzen auf dem Tisch. Auf der Wiese vergeht rosa die Zuckerwatte.

III Handwerk

Nach Marienwerder gehen. Schreiben im Kloster

1.

Schon von weitem sah sie den schwingenden Mantel. Die Äbtissin nickte. Zusammen gingen sie durch die Bahnhofsunterführung. Die Äbtissin fuhr durch die Peripherie der Stadt, an Parkanlagen vorbei. Ein Grünschock. Da, wo sie herkam, war jetzt noch alles weiß von hohem Schnee. Monatelang hatte sie kein Grün gesehen. Vielleicht, dachte sie, sehe ich jetzt zum ersten Mal Grün, weil ich zum ersten Mal einen Herbst, einen Winter im Gebirge verbracht habe. Sie fuhren durch Feuchtigkeit. Es regnete noch nicht, oder es regnete nicht mehr. Die Äbtissin sprach gegen die Scheibe. Im Kloster sei vieles durcheinander. Umbauarbeiten, und vier Menschen seien gegangen. Alle über Ostern. Das dauere dann eine Zeit, bis man Abschied genommen habe. Die Äbtissin sah konzentriert auf die Straße. Sie müsse sich aber auch um die Neubelegung der Betten kümmern. Schließlich liefen die Kosten weiter, auch wenn niemand in den Räumen wohne.

»Gegangen«, dachte sie. Sie fuhr in ein Haus, in dem gegangen wurde. Aber wie die Klosterfrauen eben so seien, die Äbtissin bog von der Schnellstraße ab, wenn es dann ernst werde, dann sagten sie: Ach, noch nicht, nur noch diesen Sommer!

Nur noch diesen Sommer. Sie sah hinaus, und die Stimme

der Äbtissin schien sich wie ein Echo zu entfernen in die Feuchtigkeit. Nur noch diesen, nur noch, nur noch diesen Sommer.

Der Geruch. Sie folgte dem schwingenden Mantel durch das Stiegenhaus. Gegen einen Geruch konnte man sich nicht wehren, gegen das Atmen. Sie war angekommen.

Sie stand vor dem Krankenbett auf Rollen. Sie sah auf das Beistellnachttischchen aus Metall mit der ausklappbaren Tischplatte. Sie sah Kabel, die über den Industrieteppich mit dem persischen Muster liefen. Wie das Bett war auch der Ohrenplüschsessel elektrisch zu verstellen. Das Zimmer, es waren zwei kleine, ineinander übergehende Räume in der Dachschräge, zeigte gegen einen Garten. Sie hörte Vögel. Sie wollte ein Fenster öffnen. Aber ein Flügel war fixiert und die zweite Fensterhälfte mit einem dichten Fliegengitter bespannt.

Das Bad war geräumig und dunkel. Es gab keine Duschkabine, nur einen Abfluß am Boden und in der Wand eine eingelassene Sitzvorrichtung, zum Hochklappen. Das ist nicht schlimm, dachte sie, das ist nur rollstuhlgerecht. An der Wand lehnte ein langer Reinigungsgummi am Stil, mit dem man das Duschwasser Richtung Abfluß über den leicht abgeschrägten Boden zusammenstreichen konnte. Sie fuhr mit den Fingerspitzen über den dicken Haltelauf neben der Toilette. Für rollstuhlfahrende Hünen, dachte sie. Hinter der Duschstange steckten Einmalüberziehschuhe aus dünnem blauen Plastik. Am Boden stand ein Raumspray, Duftnote »Bergwiese«.

Nur noch einen, nur noch einen Sommer.

Bevor sie antworten konnte, stand eine junge Frau in weißen Hosen im Zimmer. Sie trug einen Pferdeschwanz und lächelte sportlich. Ob sie geklingelt habe? Sie habe nicht geklingelt, sagte sie. Aber dann sagte sie schnell: Bitte, die Kabel, die Alarmknöpfe, ob sie das nicht entfernen könne? Der prüfende Blick der jungen Frau traf sie. Sie testet reflexhaft, ob ich das nicht brauche, dachte sie. Bitte, sagte sie. Sie sagte nicht: Ich muß in diesen Räumen schreiben.

Später nahm sie die Tischdecke fort und die den Tisch schonende Vliesunterdecke. Sie schob den Wohnzimmertisch vor das Fenster. Sie verwahrte den Wäschepuff mit dem Zusatzplumeau im Schrank. Auch die Vase mit den Trockenblumen. Auch die mit lustigen Gesichtern bemalten Steine auf der Fensterbank. Sie sah die verblaßten Photographien in der Nische. Eine alte Frau, ein alter Mann. Und ließ sie hängen. Im Nachttisch fand sie die Hausschuhe der Gegangenen. Sie schloß die kleine Metalltür wieder zu und schob den Nachttisch hinter die Tür neben den Kühlschrank, der leer war und jetzt ansprang. Sie setzte sich auf das Bett. Von der Bettwäsche stieg ein Geruch nach Lagerung auf. Sie sah auf das Fliegengitter. Ich bin, dachte sie, in einer Geschichte, die ich erfinde.

Draußen hatte die Nacht begonnen. Sie ging durch den Garten, sie roch die feuchte Erde. Sie meinte, Narzissen leuchten zu sehen. Irgendwo hier mußte die Leine fließen und der Hinübersche Garten beginnen. Hinüberscher Garten, dachte sie, das Kloster stand auf dem Dünensand der Leine im Hinüberschen Garten. Sie öffnete das Gatter zur Straße hin. Nun

Niemandsland. Nächtliches Grün und Niemandsland. Eine flache Reihenhaussiedlung, die unbewohnt schien, dann eine Hochhaussiedlung, Schluchten von Hochhäusern, Plattenbau. Die Straßen waren menschenleer. Von ferne sah sie das Neon einer Tankstelle. Sie überquerte die Straße. Neben einem Zigarettenautomaten stand ein Automat, an dem man Kondome ziehen konnte. Sie ging in die Tankstelle und fragte nach einer Telephonzelle.

Sie stand in der Telephonzelle und sah auf die gegenüberliegende Straßenseite. In einem hell erleuchteten Kiosk wurde Alkohol ausgeschenkt. Autos hielten an, fuhren wieder weg. Sie sah Jugendliche in der schmalen Tiefe des schwefelgelben Raums. Aus der Hörmuschel drang immer noch ein Tuten. Sie legte auf. Sie ging hinüber in das Licht. Sie fragte, ob es in der Siedlung ein Internetcafé gebe. Der Mann hinter dem Tresen sah sie gelangweilt an und verneinte mit einer Kopfbewegung. Gegenüber ein Einkaufszentrum. Sie sah ihren Schatten in den Schaufenstern von Billigketten.

2.

Die Äbtissin schloß einen Gang auf, sie gingen an Grabsteinen vorbei. Nun die Tür zur Sakristei, die Pforte zur Kirche. Die Äbtissin entschuldigte sich für die 19. Jahrhundert-Malerei. In Mariensee hätten sie Backsteingotik gehabt und bedeutende Kunstschätze. Sie erzählte von einer Ausstellung »Krone und Schleier«. Diese Altartücher, sagte sie, Flußperlenstickerei.

Unsere Damen wissen, daß sie hier sterben dürfen, sagte sie. Wir leisten hier auch Hospizarbeit. Und wenn das Geld nicht mehr reicht, übernimmt die Klosterkammer die Kosten.

Man darf die eigenen Möbel mitbringen. Wenn ein akuter Fall in die Klinik muß, sage ich immer, ihr dürft den Waschlappen und die Zahnbürste vergessen, aber nicht die Patientenverfügung. Die Patientenverfügung wird jedes Jahr neu gegengezeichnet. Meist im Februar, wenn das Licht wieder da ist.

Als sie in den Trakt des Altenheims einbogen, schob eine Dame mit strenger Knotenfrisur einen leeren Rollstuhl durch den Gang. Eine ehemalige Tänzerin, sagte die Äbtissin, sie ist 95 Jahre alt.

3.

Frühstück. Ein kleines Wohnzimmer, vier Frauen um einen gedeckten Tisch. Buchrücken in einer dunklen Schrankwand, Kartons mit Gesellschaftsspielen. Das ist unsere Schriftstellerin, sagte die Äbtissin, um sich mit der Begrüßung wieder zu verabschieden, sie schreibt über Marienwerder. Drei Frauen sahen auf. Die erste lächelte milde über einem üppigen Seidenschal, den sie zu einer Fliege gebunden hatte. Die zweite lächelte abwesend. Die dritte hatte den Kopf schon wieder gesenkt, als müsse sie unter ihrem weißen Bubikopf in Deckung gehen.

Brotscheiben im Körbchen. Unter einer dicken, grüngrauen Plastikhaube Käseaufschnitt. Kaffee in der Thermoskanne.

Die vierte fragte mit strengem Blick: Was schreiben Sie?

Ich werde sie alle kennenlernen, dachte sie. Vor ihr lag ein Stofftäschchen mit einer Stoffserviette. Auf einem Stück Kreppklebestreifen war ihr Name geschrieben.

Ich war Konzertgeigerin, sagte die vierte nun. Ich habe für den RIAS gespielt. Mein Sohn war Manager von Tangerine Dreams. Heute ist er Filmkomponist in Hollywood. Wenn er nach Los Angeles fährt, auf der Autobahn, dann hat er Zeit. Dann telephoniert er mit mir. Er hat mir ein Auto geschenkt.

Ich schreibe über ein Aquarium, antwortete sie, ein Aquarium, das in einem Flughafen steht.

4.

Mittagessen. Die Äbtissin präsidierte am Tisch, rechts acht Frauen, links neun Frauen. Man hatte sie dazwischengesetzt. Vor ihrem Teller stand eine kleine Rose im Wasserglas. Weil sie heute neu dabei war. Sie nehmen mich auf, dachte sie. Für sie gehöre ich gleich dazu. Sie war eine Frau von 50 Jahren, Mutter einer erwachsenen Tochter. In diesen Tagen würde sie ihr Kind sehen, es studierte eine Zugstunde entfernt. Sie hörte die Äbtissin ein kurzes Gebet sprechen. Dann spürte sie, wie rechts und links nach ihren Händen gegriffen wurde. Gesegnete Mahlzeit. Die Hände wurden wieder losgelassen. Wir machen das seit dreißig Jahren, wir werden nicht krank.

Seit dreißig Jahren, dachte sie, und sah die Frau vorsichtig an. Mohairpullover, Blutorange, Maulwurfsaugen. Nur eine leichte Drehung und ein paar Jahre zurück, und sie wäre ein Vamp.

Schüsseln wurden weitergereicht, Platten: Kartoffelbrei, panierte Fischstückchen, Salat aus Gurkenscheiben und Endivienblättern. In Glaskrügen Leitungswasser zum Trinken. Die Frauen begannen zu essen. Noch spürte sie eine leichte Befangenheit im Raum, die von ihrer Person ausging. Aber schon griffen Blicke nach ihr. Das Essen schmeckt nach den

50er-Jahren. Meine Kindheit, dachte sie, ihr Erwachsenenleben.

Hier saßen ehemalige Lehrerinnen und Krankenschwestern, Sekretärinnen, Künstlerinnen. Hausfrauen und Mütter. Geliebte und Betrogene. Nach dem Ende der Berufstätigkeit, nach dem Tod des Ehemanns, nach der Scheidung waren sie in eines der reformierten Klöster der Klosterkammer eingetreten. Ein Frauenprojekt im Alter. Dort hatten sie mietfrei gewohnt, selbständig gewirtschaftet und für ihr Kloster kleinere Arbeiten übernommen, meist Führungen, Büroarbeiten, Kartenverkauf. Sie waren Konventualinnen, Äbtissinnen gewesen in Ebstorf, Fischbeck, Mariensee, Meding, Wienhausen, Lüne.

In Marienwerder wurden sie nun von der Äbtissin und drei weiteren Konventualinnen als Gehende betreut.

Die Platte mit den Fischstückchen kam zum zweiten Mal.

Ein gleichmäßiges Rasseln erfüllte den Raum. Sie versuchte, nicht in die Richtung des Geräuschs zu sehen.

Die Frauen trugen Wolle, rosa, blau, Pullover, mädchenhaft sportlich mit weißen Haaren. Sie nehmen sich alle zusammen, dachte sie. Sie sah auf ihr Serviettentäschchen. Sie sah auf das Serviettentäschchen der Frau rechts neben ihr. Ob sie es selbst gestickt habe. Ja, sie sei eine »Handarbeitstante«, sagte sie. Sie habe auch ein Buch über die Klosterstickerei geschrieben. Über die Flußperlenstickerei. Sie könne das noch.

Sie hatte sie gesehen, dachte sie, heute morgen. Unter einem Sturzhelm hatte sie ihr Rollwägelchen durch den Garten geschoben, zu einem Fahrrad. Dann war sie umgestiegen und davongefahren.

Sie versuchte, das Rasseln nicht wahrzunehmen. Dann nickte die Rasselnde ihr von schräg gegenüber zu. Eine Schüssel mit dunklen Früchten ging von Hand zu Hand.

Eine dornenlose Brombeere ist eine dornenlose Brombeere und keine Jostabeere, sagte der Vamp. Ja, es gäbe die Kreuzung von schwarzer Johannisbeere und Brombeere. Aber das sei eben keine dornenlose Brombeere. Beeren aus dem Klostergarten. Damit es nicht Matsch wird, muß man die Beeren einzeln einfrieren, sagte der Vamp, auf einem Blech, ohne Zucker. Dann bleiben sie trocken. Ein Krug mit Vanillesauce.

Die Losung, eine Lesung, ein Gebet. Ein Amen. Das schmutzige Besteck in metallene Becher, die schmutzigen Teller zu Stapeln auf einen Rollwagen. Die Krüge in die Durchreiche, die Serviettentäschchen, die Schüsseln und Platten mit Essensresten auch.

5.

Die Konventualin, 74 Jahre, in Jeans und Turnschuhen, die für die Wäsche zuständig war und den Computer im Büro beherrschte, durfte ihr das Kennwort für das Klosternetz nicht sagen. Aus Gründen der Sicherheit.

Sie lief zur Bushaltestelle, fuhr zur Straßenbahnhaltestelle, dann in die Stadt. Sie fragte nach einem Internet-Café. Eine junge Russin verhandelte mit dem Mann hinter der Theke. Der Preis könne nicht stimmen. Ihre Stimme laut, auch verführerisch. Als könne das Timbre den Preis drücken, wo es dem Argument nicht gelang.

Kommunikationsnetze. Rituale der Nähe im Fremden. Früher das Verbindende der lateinischen Messe. Nun die

Religion, überall kommunizieren zu können. Was hatte man sich dauernd zu sagen? Aber in den Messen war doch auch alles schon gesagt. Das blindbekannte Wort war Vollzug der Gemeinschaft, nicht Information. Ich bin Dein, erlöse mich. Wir haben hier keine katholischen Frauen, hatte die Äbtissin gesagt. Wir können diese Bedürfnisse nicht befriedigen.

In der Stadt überall Armut. Es war das Schrille, das die Armut zeigte. Die zu hohen Schuhe, der zu glänzende Schmuck, die zu stark gegelten Haare. Viele Bäckereien. Bleche: Schlesischer Butterstreuselkuchen, Mohnkuchen. Das Tröstliche der frischen Süße. Das Versöhnungsangebot von gelungenem Hefeteig. Die Kommunion im Kaufhaus. Alles wird gut.

Im Kaufhausrestaurant oben, wo die Toiletten waren, alte Frauen, junge Mütter, Arbeitslose. Der Blick eines Mannes. (Angst vor diesen Blicken. Nur eine kleine Drehung, nur ein Blick zurück, und man wäre verantwortlich.) Der Luxus, hier Essengehen zu können. Zumindest hier zu sitzen. Wer hier saß, gehörte noch dazu. Er gehörte noch zu denen, die es schafften. Glaubten sie.

In der Küche von Marienwerder gab es keinen Korkenzieher. Sie drehte sich um im Raum aus Resopal und machte alle Schubladen auf und wieder zu. Auf dem Flur zufällig die Geigerin. Ja, sie habe einen. Sie solle mit zu ihr kommen. Sie betrat ein zeitloses Zimmer. Ein Hauch Antroposophie, ein Hauch Bauhaus. Schöne Stickereien. Den Klosterstich habe sie in Mariensee gelernt, sagte sie. In Mariensee habe sie 200 qm bewohnt, auf zwei Stockwerken, mit Garten. Ich habe dort Konzerte gegeben, Führungen gemacht, sagte sie.

Zeigen Sie mir Ihren Apple? Mein Sohn will mir einen Computer schenken. Wir könnten uns dann immer schreiben.

Im Gang der Vamp. Warum sie beim Abendessen gefehlt habe. (Gefehlt, dachte sie, ich habe gefehlt.) Es wäre schön, wenn sie sich abmelden würde. Die Äbtissin, sagte sie schnell, habe gesagt, man müsse sich nur vom Mittagessen abmelden. Ja, ja, sagte der Vamp, kein Beinbruch. Es wäre auch schön, wenn man zum Mittagessen pünktlich da sei. (Ich war pünktlich, dachte sie, aber eben pünktlich um 12 Uhr, da saßen aber schon alle. Morgen also 5 vor 12.) Der Vamp sah auf den Korkenzieher.

Mohnkuchen, sagte sie, sie habe in der Stadt Mohnkuchen gegessen, und jetzt wolle sie gerne Wein trinken. Sie müssen wissen, was Ihrem Magen guttut, sagte der Vamp und ging langsam mit der Gehhilfe weiter.

Die Gehhilfe, dachte sie, heißt hier Rollator. Und statt Füttern sagen sie: Essen anreichen.

Im Dunkel des Ganges erkannte sie die Tänzerin, die neben ihrem Rollstuhl stand und hinaus in den Garten sah.

6.

Frühstück. Die Geigerin kaute munter an ihrem Müsli und sagte, sie fahre gleich mit dem Auto in ein Hallenbad in der Nähe der Stadt. Es liege auf einer Wiese. Im Sommer, sagte sie, schwimme sie im See. Was macht das Aquarium? fragte sie. Lesen Sie mir einmal etwas vor?

Mittagessen. Eintopf mit Kartoffeln, Gelberüben, grünen Bohnen, weißen Bohnen, Wurst. »Einmal durch den Garten«, sagte rechts der Vamp. »Einmal durch die Woche«, sagte links die Handarbeitstante. Das Rasseln der Rasselnden erfüllte den Raum. Sie werde morgen abgeholt, sagte die Handarbeitstante, von den Söhnen, nach Hamburg auf das Grab ihrer Eltern. Ihre Söhne seien Polizisten. Ihre Tochter Redakteurin. Sie sprach das Wort Redakteurin wie Resurrectio. Sie sprach sehr laut, auch stolz, und auch, als müsse sie begründen, warum sie den ganzen Sonntag fort sein werde und nicht zur Messe komme. Das Lauern. Wer ist am Sonntag allein, wer wird besucht, wer wird abgeholt? Wer hat gute, wer hat böse Kinder? Wer hat keine Kinder? Zum Nachtisch Quarkspeise mit einer makellosen Himbeere.

Mariensee, sagte die Geigerin. Sollen wir nach Kloster Mariensee fahren?

Sie brachen heimlich auf. (Wegen der Eifersüchteleien, wegen des Neids? Weil die eine noch ein Fluchtauto hatte, die andere nur eine Zehnerkarte für die öffentlichen Verkehrsmittel und die dritte im Rollstuhl saß?)

Eine Klosteranlage wie ein Schloß. Stallungen, Gärten. Im Klostershop verkaufte eine Frau aus der Gemeinde Karten. Die Geigerin erklärte, daß sie hier Konventualin sei und nun in Marienwerder wohne. Sie bitte um den Schlüssel ihrer ehemaligen Wohnung. Die sei jetzt doch leer. Sie wolle sie der Schriftstellerin zeigen. Die Dame von der Gemeinde sagte irritiert, das dürfe sie nicht. Sie dürfen, sagte die Geigerin.

Die Räume waren weiß, staubig und leer. An einer der Wände hing noch ein Bild ihres Sohnes bei Proben mit Tangerine Dreams. Eigentlich sollte ich es mitnehmen, sagte die Geigerin und ließ es hängen.

In der Kirche sagte die Geigerin: Sehen Sie das Antependium? Sie zeigte zum Altar. Das ist noch von mir! Und hier habe ich gesessen. Da ist mein Kissen, sehen Sie, mit dem Monogramm, und die Rückenlehne ist auch von mir. Jede Konventualin hatte einen eigenen gestickten Sitzplatz. Sie habe vier Plätze gestickt. Sie zeigte auf die drei im Kreis springenden Hasen mit den drei Ohren. Ein Hasenrad.

Sie führte durch die Ausstellung über den Wandel des Klosterlebens. Das ist doch interessant für Sie, sagte sie. Sie erzählte, Elisabeth von Calenberg habe 15jährig einen um 40 Jahre älteren Mann geheiratet. Für Schwierigkeiten bei der Schwangerschaft habe Elisabeth von Calenberg dann die langjährige Mätresse ihres Gatten verantwortlich gemacht und ihn aufgefordert, diese Frau als Hexe verbrennen zu lassen. Die Mätresse entkam, aber zwei Freundinnen verbrannten als vermeintliche Helferinnen auf dem Scheiterhaufen. Elisabeth von Calenberg wurde von einem gesunden Jungen entbunden. Später habe sie Luther Wein und Käse geschickt, er wiederum sandte ihr Maulbeerbaum- und Feigensetzlinge und eine Bibelübersetzung mit Namenszug von seiner Hand.

Als sie gehen wollte, sahen sie beim Kartenverkauf eine Dame mit langen weißen Haaren, langem Wollkleid, Wolljacke, dickem Tuch. Die Geigerin umarmte sie. Gemeinsam gingen sie in die Wohnung der Malerin. Salon, Atelier, riesige Küche. Sie schien eine der letzten Konventualinnen zu sein, die hier noch lebte.

Abendessen. Aufschnitt, Brot, warmer Fencheltee. Die Äbtissin hatte sich abgemeldet. Der Vamp sprach das Gebet. Die meisten Frauen aßen abends auf ihrem Zimmer.

Sie wollte nur die ersten Veilchen pflücken, sagte die kleine Baltin. Dann sei sie ausgerutscht. Rippen gebrochen. Jetzt sei sie hier. Seit einer Woche. Weil sie 90 sei, weil die Nichten das besser fänden.

Sie sah sie an, griff nach einer Scheibe Schwarzbrot und belegte sie mit rosa Wurst. Sie schreiben also? Sie biß kräftig ab. Also das sei ja nicht ihre Sache, da reite sie doch lieber. Ach, was sie doch alles geritten sei! Und mit der Kutsche! Horri, der Isländer, sagte sie, Sörli, der Norweger.

Aber Pippin habe sie mitgebracht, Pippin der Kleine, Vater von Karl dem Großen, sie habe das im Konversationslexikon nachgelesen. Der Kater habe noch Stubenarrest, damit er nicht fortläuft. Sei kastriert, mit einem schönen dicken Bauch, einem Hängebauch ein bißchen. Er bekomme Katzenfutter und fresse gerne Butter.

Butter, sagt die Rasselnde, früher wurde die Butter mit zwei Hölzchen zu Kügelchen gerollt, dann ins Wasser gelegt und zu einem schönen Berg von weißen Kügelchen aufgeschichtet. Und einmal habe die Großmutter gesagt: »Kinder, ihr habt die Butter noch nicht gedeckt.« Aber da hatte der Dackel sie gefressen.

Wenn Pippin so die Pfoten übereinanderlegt, sagte die kleine Baltin, haben die Leute, mit denen sie früher zusammen gewesen sei, immer gesagt: Ruhig, jetzt betet er!

Samstagabendandacht im Wohnzimmer. Sie sang neben der Geigerin, die anstimmte. Lieder in Großdruck. Alle sangen mit. Auch die Schwerhörigen. Sie hören nicht, was die anderen singen, sie hören auch nicht, was sie selbst singen, sagte die Geigerin, deshalb singen sie so laut.

Sie singen vom Blatt? fragte die Geigerin. Nein, ich habe mich an Sie angehängt. Die Geigerin lächelte und legte ihr für einen Moment die Hand auf die Schulter.

7.

Sie brachte ihr das Apple-Notebook. Sie ließ sie auf der Tastatur tippen. Wie das E-Mail-Programm funktioniert, konnte sie ihr nicht zeigen, da sie nicht ins Netz kam. Über Photobooth machten sie eine Aufnahme. Da sie beide auf den Bildschirm und nicht in die kleine Kamera schauten, zeigte das Bild nur ihre Augenpaare dicht nebeneinander. Die Geigerin holte Photographien: sie in der Tracht der Konventualinnen, schwarze Haube, Kleid, Spitzenschleier, weiße Handschuhe. Bilder von Mariensee im Schnee, im Sommer. Ihr Garten. Immer wieder ihr Enkel. Sie will mir zeigen, daß sie einmal glücklich war, dachte sie. Auf den Bildern erschienen immer wieder einige der jetzigen Bewohner von Marienwerder. Manche von ihnen mußten sich seit Jahrzehnten kennen. Altersfamilienbande.

8.

Sie traf ihre Tochter in der Stadt. Sie gingen in ein Persisches Restaurant mit einem freien Netz. Die Tochter trug einen kurzen Rock. Mein Mädchen, dachte sie. Unglaublich, einen Menschen zu begleiten von ganz klein bis zum Erwachsenwerden. Wenn man sich Kinder wünscht, weiß man nicht, was das heißt. (Dieses Nichtwissen schien ihr die erste Voraussetzung von Glück. Und wir wissen auch nicht, wie es sein wird, wirklich alt zu sein. Langsame Abschiede, im besten Fall langsame Abschiede vom Ich. Wann aber hatte das Ich begonnen? Wir fließen uns davon.)

9.
Hier, sagte sie, und hielt eine Orange in der Hand. Sie sah die kleine leuchtende Orange in der großen blassen Hand. Beim Frühstück stehe doch immer ein Teller mit Obst. Und sie hätte sich noch nie etwas mitgenommen, da wolle sie ihr doch heute die Orange bringen. Sie sagte: Ich wohne dort hinten im Gang. Ob sie nicht einmal auf ein Glas Wein vorbeikommen wolle?

Sonntag. In der Küche arbeitete die Äbtissin mit hellblauer Schürze. Sonntags, sagte sie, gebe es meist Auflauf, das sei gut vorzubereiten. Sonntags war das Küchenpersonal reduziert.

Wenn wir, sagte der Pfarrer, ein besonders gutes Waschmittel entdeckt haben, dann sagen wir das auch der Nachbarin weiter. So sollten wir auch unseren Glauben weitersagen, wie etwas, mit dem wir gute Erfahrungen gemacht hatten.

Gott als Meister Proper, dachte sie. Die Geigerin sagte, sie gehe sonntags in eine Kirche in der Stadt.

(Wenn überhaupt, wäre Gott nur als schwach zu denken.)

Nach der Messe sah sie zwei Konventualinnen in ihren bodenlangen, schwarzen Capes Arm in Arm durch den alten weißen Klostergang davongehen.

Sie traf die Tochter im Zoo der Stadt. Sie gingen ins Aquarium. Sie standen am Rochenbecken. Später brachte sie ihr Kind an den Zug. Es war fast Mitternacht. Bald, dachte sie, ist sie es, die mich zum Zug begleitet, wenn wir uns abends trennen. Bald kippt das, wer für wen sorgt. Sie nahm die S-Bahn 4 bis Wissenschaftspark, dort wartete sie auf den Bus

Richtung Garbsen. Sie fuhr bis zur Haltestelle »Stadtgrenze«. Selbst die Tankstelle war schon zu.

10.

Beim Frühstück war für sie nicht gedeckt. Eine Frau aus der Küche sagte, sie hätte sich gestern nicht nur mündlich, sondern auch schriftlich vom Mittag- und Abendessen abmelden müssen. Ich bin wieder da, sagte sie also.

Die Dame, die am Frühstückstisch immer abwesend schaute, war nicht gekommen. Die Dame mit der Orange sagte über die abwesend Schauende, sie sei gestern kurz im Krankenhaus untersucht worden, Ischias vielleicht. Ich habe, sagte die Dame mit der Fliege, in drei Jahren schon vierzehn gehen sehen.

11.

Die Ecke des Couchtisches war feierlich gedeckt. Auf einem kleinen weißen Leinentuch standen auf zwei silbernen Untersetzern zwei Weingläser. Daneben zwei kleine Porzellanteller mit zwei Rosenservietten. In einer gläsernen Schale Vollkornkekse. Eine Flasche Rotwein, aus einem Weingut bei Bingen. Sie hatte sich auf ihr Kommen vorbereitet.

Ich hatte ein buntes Leben, sagte sie.

Als Jugendliche kränklich, Ausbildung abgebrochen, Schneiderlehre, Diakonissin, reisende Diakonissin zwischen Harz und Nordseeküste, dann nochmals studiert. Abschluß in Pädagogik, jahrelang Grundschullehrerin. Priorin in Wienhausen. Liebte das Meer. Helgoland. Wie sie von ihrer Küche erzählte in Wienhausen, vom Blick hinaus in den Garten. Von der Einladung des Vetters nach Afrika, und wie sie dann doch nicht fahren konnte, weil ihr Vater einen Schlaganfall hatte und starb. Ledig, keine Kinder. Pflegte vom 33. Lebensjahr und dann 17 Jahre lang die Mutter.

Hat ihr Testament gemacht. Trägt einen gefalteten Zettel im Geldbeutel, auf dem vermerkt ist, daß sie keine lebensverlängernden Maßnahmen wünsche. Man solle ihr den Tod gönnen.

Ich bin nicht stabil, sagte sie, ich bin instabil. Deshalb bin ich hier. Einmal in der Woche mit Bus und S-Bahn in die Stadt zur Seniorenakademie. Danach gehe ich in ein Cafe essen, sagte sie, sie kennen mich schon, das ist schön.

Und Helgoland? Wann sie wieder nach Helgoland fahre?

Sie lächelte. Sie habe Abschied genommen, das letzte Mal im Sommer. Nun wolle sie noch einmal für ein paar Tage nach Wiesbaden zu einer Freundin fahren, die sie seit 60 Jahren kenne.

Sie stand auf. Sie holte einen Bildband. Sie zeigte eine Photographie der Holzskulptur des Gekreuzigten aus Wienhausen. Dann nahm sie ein kleines gerahmtes Photo vom Regal. Das habe ich gemacht, sagte sie.

Aber das ist eine andere Skulptur!

Nein, antwortete sie.

Ihr Christus hat menschliche Züge!

Wenn man, sagte sie, vor so etwas steht, dann muß man in die Knie gehen und dann photographieren.

Wie wichtig ist der Glaube für die Frauen, die in diesen Klöstern zusammenleben? Das, antwortete die Dame mit der Orange, könne man heute nicht mehr so sagen.

12.
Mittagessen. Kartoffeln, gekochte Eier in Senfsoße, Salat. Zum Nachtisch Apfelbrei. Ergebnis unserer Herbsteinsätze, sagte die Äbtissin. Der Vamp, der, wie sie mittlerweile erfahren hatte, die ehemalige Äbtissin von Marienwerder war und vorher als Konventualin in Kloster Lüne lebte, sagte, daß sie den Gärtner überredet habe, die Quitten mit dem Holzschredder zu bearbeiten. Das geht nicht, habe der gesagt. Ich weiß, daß das nicht geht, habe sie geantwortet: Aber versuchen Sie es. (Natürlich ging es.) Sie war gelernte Gärtnerin und jedes Jahr die erste, die im Frühling sah, daß der Lerchensporn lila und weiß in der Hinüberschen Gartenanlage blühte.

Eine neue Frau war gekommen. Zart, sehr gut gekleidet, nicht dicke Wolle, sondern Seide, wie zu einer Teegesellschaft in Romanen aus dem 19. Jahrhundert. Die Haare in graumelierten Locken hochgesteckt. Starker Buckel, gehbehindert. Melancholisch. Sie hörte schlecht. Sie war Lehrerin gewesen, Äbtissin. Die Äbtissin begrüßte sie am Tisch. Die Zarte hob den milchigen Blick und sagte, daß sie sich innerlich und äußerlich einfügen wolle.

Abendessen. Gespräch über das Garbenbinden. Man muß, sagte der Vamp, mit der Sense einmal ausholen, was dann am Boden liegt – und es muß gut beieinanderliegen –, ist eine Garbe. Nach dem Gebet und dem Amen teilte der Vamp wieder die abgegriffenen Liederbücher aus. Sie sangen wie jeden Abend. Heute Kein schöner Land.

13.
Wienhausen, sagte die Geigerin spontan nach dem Frühstück, wollen wir nach Kloster Wienhausen fahren?

Die Äbtissin von Wienhausen empfing sie zum Tee. Silbernes Service, Gebäck. Sie war eine große, sehr gut gekleidete Frau, jetzt 60 Jahre alt, seit 10 Jahren Äbtissin. Vorher Studium, Ehe, Kinder, Scheidung, Hotel geführt. Erzählte, daß eine ihrer Klosterfrauen mit 70 ausgezogen sei, weil sie noch einmal heiraten wollte.

Sie schlossen sich der Klosterführung einer 80jährigen Konventualin an, dann außerplanmäßig, auf Bitte der Geigerin, wurden sie durch das Teppichmuseum geführt. Der Tristanteppich, der Jagdteppich. Zeugnisse weiblicher Handarbeit, Seelenarbeit. Frauenzeit. Die Konventualin ließ die Zarte grüßen, auch die kleine Baltin mit Kater Pippin. Sie solle brav sein.

14.
Wann ist man alt?

Wenn man sich alt fühlt. Wenn ich schwimme oder Auto fahre, bin ich nicht alt (die Geigerin, 85). Wenn man resigniert (die Dame mit der Orange, 80). Ich bin alt seit meinem Schlaganfall vor zwei Jahren. Vorher konnte ich noch alles machen (die Dame mit der Fliege, 92). Die Gesundheit spielt schon eine Rolle. Wenn man solche Gräten hat wie ich (der Vamp, 83).

15.
Heute Resteessen. Kartoffelbrei, Kartoffeln, Gemüseschnitten, Reste von gebackener Aubergine, noch einige Fleisch-

küchlein. Zum Nachtisch Rote Grütze (aus Klosterbeeren) und Karamelpudding. Der Vamp streute eine Prise Salz auf den Pudding. Das mache sie auch mit Erdbeeren; ihre Mutter habe Apfelschnitze nur mit einer Prise Salz gegessen. Salz ist ein Geschmacksverstärker, sagte der Vamp.

16.

Frühstück. Die Sorgfalt sich selbst gegenüber. Die Dame mit der Orange mache jeden Morgen Gymnastik, Kopfhautmassage, Gesichtsmassage, Ohrläppchenpressur. Die Geigerin sagte, es habe keinen Sinn, im Alter mit Gymnastik anzufangen, man müsse früh anfangen. Die Dame mit der Fliege kam zu spät. Man hat mich vergessen, sagte sie. Die Stützstrümpfe, sagten die andern. Sie kann die Stützstrümpfe nicht alleine anziehen. Man sprach über die Zarte, die jetzt ein Appartement des betreuten Wohnens bekommen habe. Sie könne das nicht mehr. Sie könne ja nicht einmal alleine von ihrem Appartement zum Essen kommen. Sie sei schon ein wenig jenseits, sagte die Geigerin. Ja, das sehe ich auch so, sagte die Frau mit der Orange, ich kenne sie anders.

Die pädagogisch laute Freundlichkeit des Pflegepersonals. Das Küchenpersonal lockerer, auch die Putzfrauen.

Mittagessen: Kartoffeln, Quark, Matjes mit Zwiebeln, zum Nachtisch Milchreis mit Zimt und Zucker.

Die Äbtissin mußte mit einer Bewohnerin zum Zahnarzt. Die Äbtissin hat 48 Kilo, da schiebt sie eine, die das Doppelte wiegt. Ich schiebe sie nicht mehr. Und wenn du sie schiebst, da kannst du noch froh sein, wenn sie nicht krummer Hund zu dir sagt. Ich habe sie einmal geschoben, da hat sie gesagt: schneller! Da habe ich sie grad stehen lassen. Alle lachen.

Beim Frühstück sagte die Geigerin, man lebe hier schon wie in einer Familie. Da gebe es Luxusseniorenheime, aber mit 500 Betten. Da verlaufe man sich doch.

Die Äbtissin sagte vom Gegangensein: Alle Bewohnerinnen stehen an der Tür im Garten. Dann spreche sie einige Worte, und alle nehmen Abschied. Der Sarg wird hinausbegleitet. Nicht wie anderswo, nachts durch den Lieferanteneingang.

Nachmittag. Der Vamp saß auf dem Rollator und schnitt Buchsbaum. Sie fragte um Rat wegen ihrer Johannisbeeren in den Bergen. Die roten und die weißen seien unkompliziert, sagte der Vamp, die schwarzen könnten schwierig werden. Einzelne hochgewachsene, starke Zweige um ein Drittel kürzen, dann verzweigten sie sich, brächten Früchte. Die Zöpfe lassen, aber die Haare schneiden! Wollen Sie Holz oder Beeren?

17.

Musikstunde. Die Konventualin mit dem schmalen Mund, die für das Anreichen des Essens der Schwerkranken zuständig ist, am Synthesizer in ihrem Zimmer. Die Geigerin erklärte ihr den Quintenzirkel. Vor einem Jahr hatte sie ihr zum 70. Geburtstag Klavierstunden geschenkt. Die Konventualin mit dem schmalen Mund war ehemalige Krankenschwester. Drei Jahre nachdem ihr Mann mit 60 Jahren an Kehlkopfkrebs gestorben war, ist sie ins Kloster Marienwerder eingetreten. Kinderlieder. Freude schöner Götterfunken. Die Geigerin notierte den Fingersatz. Später ging sie wie jeden Abend mit dem Hund Karlinchen durch den Park zum Friedhof. In einer blauen Ampel zündete sie eine neue hellblaue Kerze an. Das kleine Urnengrab ihres Mannes schien im flackernden Licht wie mit Blumenpolstern bestickt.

18.
Im nächtlichen Gang stand die Tänzerin neben ihrem Rollstuhl. Sie legte den Kopf in den Nacken, streckte ein Bein lang und gerade aus und legte es auf die Stange des Handlaufs.

19.
In der Lüneburger Heide habe es zahlreiche perlmuschelführende Fließgewässer gegeben. Die im frischen Zustand noch weichen Perlen wurden mit einer dünnen Eisennadel durchbohrt, die in einen Holzblock eingelassen war und mit einem Schwungrad aus Blei zum Rotieren gebracht werden konnte. Nun wurden die Perlen auf die Stickerei appliziert. Schon in frühchristlicher Zeit seien die Perlen mit Christus verglichen worden. Wie die Perle, in Fleisch, Muschel und Feuchtigkeit geboren, ein lichtdurchlässiges Gebilde voller Pneuma war, so war auch der fleischgewordene Gott-Logos geistiges Licht und Körper von durchscheinender Materialität. Die Handarbeitstante lächelte.

Die Leine, dachte sie, floß durch den Hinüberschen Garten. Todmuschelführende Fließgewässer.

Die Geigerin sagte: Sie fragen mich nach der Stimmung im Haus. Das kann ich alles nicht an mich heranlassen.

Sie fühle sich aber wohl, sagte sie, sie habe ein sehr gutes Verhältnis zu den verschiedenen Pflegerinnen, Köchinnen, dem Jungvolk im Haus eben. Sie schwieg. Sie sagte: Sie können sich das vielleicht nicht vorstellen, wie das ist, wenn man 85 ist.

Die Pflegebedürftigen sah man nicht. Die Äbtissin führte sie in keines dieser Zimmer. Wen die Götter lieben. Vielleicht liebte der Christengott anders oder grad ein bißchen zu wenig.

Mir würden die alten Menschen fehlen, sagte die Konventualin mit dem schmalen Mund.

20.

Sie saß im Zimmer der Geigerin. Sie blinzelte gegen das blendende Grün im Fenster.

Später war es dunkel geworden. Das Grün wurde eins mit dem Dämmern des Zimmers.

Es ist nicht das Erlebnis, sagte sie. Es ist nur das Erinnern, aus dem das Erzählen entsteht. Das Erinnern täuscht und dreht sich. Es ist ein Hasenrad. Drei Hasen mit drei Ohren.

Die Geigerin schwieg im Gegenlicht.

Schreiben destabilisiert, sagte sie. Jedes Erzählen, das zum Ende kommt, ist ein Leben, das man verläßt. Jetzt, sagte sie, gehört das Erzählte noch zu mir. Wir leben zusammen, wir antworten einander, wir verändern uns miteinander. Aber es wird immer weniger, die Geschichte schließt sich ab. Nur im Fluß des Erzählens, in seinen Wirbeln, seinen Strömungen, lebe ich noch mit dem Text, sagte sie.

Sie haben zu Ende geschrieben, sagte die Geigerin.

21.

Mit dem Fluchtauto zur S-Bahn. Sie gab ihr die Hand, die jahrelang eine Geige gehalten hatte.

Kommen Sie mich in den Bergen besuchen! antwortete sie, kommen Sie im Juni, wenn die Wiesen bunt sind!

Sie sah weg und ging.

Das Buch gehört dem König!

Vom Erinnern und Schreiben oder wie ein Roman entsteht und der Autor einen seiner Katzentode stirbt

Der rechte Zeigefinger klickt auf »Senden«, und der Computer braucht zwei, drei Sekunden für die Datenmenge. Der schmale blaue Balken wird länger. Und verschwindet. So ist das also, denke ich und wundere mich. Es ist ein seltsames Gefühl. Ein Anflug von Abschied (warum nicht Erleichterung?), ein bißchen Eifersucht (um Himmels Willen, auf was!).

Es war nicht mein erster Roman. Es war der zweite. Aber mein Debüt »Nahe Tage« ist, wie viele Debüts, eine Familiengeschichte: Blicke zurück in die Kindheit, die zwar komponiert, doch eng an die Biographie gebunden bleiben, geschrieben »nach der Natur«. Auch der zweite Roman hatte als Initiation eine Erinnerung. Aber sie betraf nur einen Augenblick. Als ich »Flughafenfische« zu schreiben begann, war es gut zehn Jahre her, daß ich auf dem Weg von Hongkong nach Stuttgart, müde und zwischen die Zeitzonen gefallen, ein paar Stunden im Transit des Londoner Flughafens Heathrow überbrücken mußte. In der hohen Flughafenhalle stand ich auf einmal vor einem Meerwasseraquarium. Es war, so erinnerte ich mich, ein phantastischer Raumteiler, voller tropischer Fische und Blumentiere. Als ich überlegte, ob ich einen zweiten Roman versuchen sollte, fiel mir diese in sich bewegte Wasserwand im Flughafen ein. Warum, wußte ich nicht. Ich wußte, »Nahe Tage« ist vom Raum aus geschrieben, von der alltagsgesättigten Enge einer Drei-Zimmer-Wohnung, in der eine gerade verstorbene Mutter gewohnt hat. Der heimliche Held des Textes ist dieser geladene Raum, der den Geist eines zwanghaften Familienlebens noch bewahrt (die Küche mit der Wachstuchtischdecke, das Schlafzimmer mit dem Wäschepuff und dem INRI über den geknickten Kopfkissen, die Alpenveilchen auf der Fensterbank). Warum, dachte ich, sollte ich nicht wieder von einem Raum aus beginnen?

Kunst, zitiert Terézia Mora den ungarischen Schriftsteller und Maler Lajos Kassák, Kunst habe kein Ziel, sondern einen Grund. Also hatte es vielleicht einen Grund, wenn mir jetzt das Aquarium im Flughafen einfiel. Für einen Roman war dieses Realsubstrat erst einmal herzlich wenig, im Vergleich zu einer Kindheit. Aber schreibend machte ich mich auf die Suche nach einer Geschichte, die vielleicht im Korallenbruch lag. Zunächst brauchte ich Protagonisten für die Raumidee. Ein Aquarist, der für das Aquarium zuständig ist, war sicher der beste Augenzeuge, um sich dem Innenleben so eines in Glas gefaßten Meeres zu nähern. Ich wollte ihn als eine Figur, die vor allem sieht und nicht berührt. Ein wenig autistisch, weltfremd, in einer scheinbar harmlosen Weise zufrieden. Er liebt seine Fische und lebt mit ihnen. Ich gab ihm ein polares Gegenüber, eine irrlichternde Magazinphotographin, die als Reisende dauernd unterwegs ist. Beide Figuren verbindet das Beobachten. Und als ich an die Photographin dachte, schien es mir selbstverständlich, sie auch einige der Szenen erzählen zu lassen, die ich über die Jahre auf Reportagenreisen erlebt hatte, abseitige Begegnungen, die vom jeweiligen Reportagenthema weggeführt hätten, Nebengeschichten, die für mich vielleicht Hauptgeschichten waren. War da schon etwas wie Grund? Da ich in diesem Flughafen kaum äußere Handlung haben würde und auch keine wollte, brauchte ich einen stärkeren Wechsel der Töne; eine dritte Stimme lag nahe. Und wieder half mir der Raum. In Flughäfen gibt es Raucherfoyers, in denen Menschen hinter Scheiben sitzen; es sind dem Aquarium verwandte Glaskörper. Über drei Räume also entstanden drei Figuren: Tobias Winter, der Aquarist, Elis, die vielfliegende Photographin, und der Raucher. Mit den drei Stimmen waren zugleich drei unterschiedliche Erzählhaltungen möglich: Tobias Winter spricht distanziert über seine Fische; Elis erzählt schon persönlicher, sie erinnert sich an Reisen, an eine Liebe zu einem Piloten, und der Raucher, ein Biochemiker, betrinkt sich und spult einen inneren Monolog ab, schnell durchlaufende Szenen seiner Ehe. Dieser ältere Mann, ein Professor, dessen Hobby Fraktale sind, sollte die Figur sein, die am meisten reflektiert. Und Fraktale, Strukturen aus sich selbst ähnlichen Mustern, wurden ein Kompositionsprinzip des Romans. Zugleich gab mir der Raucher, da er zunehmend betrunken wurde, die Möglichkeit, ungebundene Assoziationen zu schreiben. Und über ihn kam eine gegenläufige Dynamik in den Text: Zwischen Tobias und Elis entwickelt sich Empathie; der Raucher sieht zurück auf eine Zweisamkeit, die scheitert. Damit waren die Gezeiten der Liebe gesetzt.

Natürlich habe ich nicht jeden Tag am Text geschrieben. Aber in vier, fünf Jahren verging wohl kaum ein Tag, an dem ich nicht an die Parallelwelt des entstehenden Romans gedacht hätte. Er veränderte meine Alltagswahrnehmung. Das Mädchen in der Schlange an der Supermarktkasse, hatte sie nicht etwas von Elis: das Federn der Turnschuhe, die staksigen Beine, das schmale Seidenbändchen des Unterhemds, das an der braunen Schulter vor dem Ärmelansatz des T-Shirts herausschaut, der kurze schwingende Rock, grün mit weißen Punkten? Wenig davon kommt im Roman vor; aber die Momente des Mädchens waren eine Option. Ich recherchierte. Da war dieser Pilot im Text, von dem Elis dauernd sprach. Ich hörte mich um. Und tatsächlich, es gab einen Lufthansakapitän, den man fragen konnte, einen Freund von Freunden. Nach vielen Gesprächen hatte ich zwei, drei Szenen, mit denen ich arbeiten konnte, er sagte das eine oder andere Wort, das ich zuvor nicht gekannt hatte. So dehnte sich meine Realität nach meinem Roman.

Nun wollte ich das Aquarium in Heathrow noch einmal sehen. Eine Freundin schrieb einen formvollendet höflichen englischen Brief. Aber ich wurde als Autorin nicht in den Transitbereich eingelassen: »I would strongly advice Dr. Overath not to come to the airport for this purpose, as our security team will move her on.« Also buchte ich als Touristin einen Flug, um als Reporterin in den Sicherheitsbereich eines Flughafens zu kommen. Mit British Airways von Stuttgart nach Glasgow, das hieß Umsteigen in London Heathrow und Aufenthalt im Transit. Nervös durchlief ich die Fluchten der Hallen. Und ich fand das Aquarium nicht. Ich fragte. Doch erst der dritte Verkäufer, in einem Dutyfree-Shop, wies nickend in die Richtung, aus der ich gerade kam. Ich war an dem Aquarium vorbeigegangen, ohne es zu bemerken. Nun stand ich davor: vier, fünf Fische, ein paar Steine. Von einer schlecht versteckten Pumpe stiegen ein paar Luftbläschen auf. Das kann jetzt nicht wahr sein, dachte ich.

Und dann dachte ich: Also gut, ich werde das Aquarium schreiben, an das ich mich erinnert habe. Das schönste Aquarium, das es nicht gibt.

Ich besuchte Aquarien in Berlin, Amsterdam, London, Basel, Hannover (»Sie spüren uns«, sagte eine Biologin am Rochenbecken, »denn das Herz ist ein reiner Muskel«). Ich begleitete vier Tage den für das Riffaquarium zuständigen Tierpfleger im Münchner Tierpark Hellabrunn und führte Interviews mit der Zoo-Aquaristin in der Stuttgarter Wilhelma. Ich konstruierte. Die Größe mußte plausibel sein, der Besatz an Fischen. War es möglich, eine Muräne und Seepferdchen im selben Becken zu halten? Ich las aquaristische Fachliteratur. Es war eine schöne Zeit.

Es war eine Zeit des Größenwahns. In den Fluchten des Flughafens, im hohen Aquarium entstand eine rhythmisierte Welt aus Fischen und Fiktionen. Ich wendete meine Figuren wie Strümpfe. Und änderte, bis Innen Außen war, bis das Muster im Doppelgewebe stimmte. Bis als Sternzeichen stand, was ich nur erfand. Auch mein Text war ein Aquarium, ein künstlicher Raum, der lebte. Und wie ein Aquarist beobachtete ich Wörter, gab ihnen den Sauerstoff der Ideen und das Futter klanglicher Korrespondenz.

Bald verglich ich jedes Aquarium, das ich sah, mit meinem Aquarium im Text; wenn ich auf einen Flughafen kam, prüfte ich ihn, ob er stimmte. Ich nahm es mit der Wirklichkeit auf, als wäre mein Text ihr Maß. Aber dann nahm es der Text mit mir auf. Denn kaum merklich schloß er sich ab. Die Figuren begannen, sich zu wehren. Sie hatten ein Eigenleben bekommen und wollten nicht mehr gestört werden. Offensichtlich war der Roman nun zu Ende.

Es blieb noch, in dieser Welt die gröbsten sachlichen Fehler zu vermeiden, so gut es ging. Ich ließ einen alten Photographen-Freund lesen und bat den Lufthansakapitän um Lektüre, und dann schrieb ich dem Kurator des Basler Zoos, dessen Aquariumanlage eine der schönsten in Europa ist. Er antwortete, Zeit habe er nicht, aber das sei doch einmal etwas anderes. Ich schickte ihm ein Manuskript, in dem alle Fischpassagen mit Leuchtstift markiert waren. Das Manuskript kam zurück, jeder dieser Absätze mit kleinen roten Haken oder mit Anmerkungen versehen. Ich war erleichtert. Ich mußte kein Glas einziehen. Meine Fischgemeinschaft war vielleicht unwahrscheinlich, aber möglich. Das meiste, was er korrigierte, änderte ich, manchmal nahm ich eine Unschärfe in Kauf, wenn ich ein Wort stärker fand als das biologische Argument.

Wie Wasser in drei Aggregatzuständen vorkommt, kann auch ein Text seine Temperatur und Dichte ändern: von den milchig dunstigen Anfängen, in denen der Autor sich orientiert, zur liquiden bunten Beweglichkeit der Szenen, mit denen er arbeitet (und an seiner Seite Freunde und ein Lektor, die mitlesen), bis zum Packeis des gedruckten Buchs.

Ein Buch schreiben heißt Intimität mit der Sprache teilen.

Aber auch ein Leser tut das. Wie ich von einem erinnerten Aquarium ausging (das es nie gab, das ich schon beim ersten Sehen erfunden hatte), so geht der Leser von meinem Text aus. Aber in dem Augenblick, in dem er liest, ist es sein Text. Die Vorstellungen, die entstehen, sind seine Bilder. Und im Grunde geht der Leser auf seinem Königsweg den Weg des Autors zurück: Lesend schmilzt er das Eis, versetzt die Bilder in Bewegung, gerät in das Aerosol seiner Ideen.

Wenn das Erzählen des Autors an sein Ende gekommen ist, beginnt der Leser neu im Purpur der Freiheit. Das Buch verbeugt sich vor ihm; der Text ist für ihn da. Mag sein, in den Wissenschaften gibt es ein »falsches« Lesen; für die Herrlichkeit des Lesers gibt es das nicht. Er kann sich inspirieren lassen, wie er will, er darf aus dem Buch schöpfen, was ihm paßt. Er kann Seiten überspringen und andere doppelt entziffern. Ja, er mag selbst hineinschreiben und kommentieren. Oder: Seiten herausreißen, sie zerknüllen, zu Fliegern falten, gerahmt an die Wand hängen. Das Buch gehört dem König.

Der leise Impuls der Fingerspitze, der wachsende, schmale blaue Balken: Es ist der Moment, in dem der Text den Autor verläßt. Bis jetzt haben Autor und Text zusammengelebt und sich zusammen verändert. Diese Beziehung ist nun vorbei. Mit dem Abschließen eines Manuskripts stirbt der Autor einen seiner sieben Katzentode. Oder sind es neun? Schreiben dissoziiert. Schreibende sind unsichere Kandidaten. Sie leben komplizierte Seitensprünge mit Wörtern, mit Figuren. Sie lösen sich ein wenig von sich selbst und tauchen in das Leben anderer ein, die im Stand der Fiktionalität auch noch vage sind. Und gerade wenn diese Figuren unabhängig werden, haben die, die sie schrieben, ihre Schuldigkeit getan. Also heißt einen Roman abschließen auch Abschied nehmen, ein wenig eifersüchtig sein. Von nun an ist der Autor ein Leser unter vielen. (Auch wenn er in diesem Fall ein bißchen mehr Erfahrung hat.) Seine Intimität ist eine öffentliche Sache geworden.

Es ginge auch anders. Mit demselben Fingerdruck, man muß den Cursor nur ein wenig weiter auf ein anderes Bildchen schieben, ließe sich der Text löschen. Es wäre möglich, ein Manuskript an sein Ende zu bringen, ohne es als Buch zu teilen. Zumindest gedacht habe ich diesen Gedanken schon. Aber Kunst hat einen Grund. Eine Notwendigkeit, die fast kreatürlich nach Kommunion sucht.

Ich ging noch zur Schule, da stand ich einmal in einer fremden Stadt vor einer Zeichnung von Käthe Kollwitz. Man sah einen kleinen Jungen barfuß an einer Scheibe. Hinter der Scheibe standen gestaffelt viele Schuhe. Die Legende sagte nur »Schuhe!«. Ich ahnte, was das Bild meinte, und spürte zugleich, daß es mir etwas anderes sagte. Die Zeichnung erzählte die Geschichte von einem armen Kind vor einem Schaufenster, in dem ganz nah am Glas und unerreichbar Schuhe lagen, die es brauchte und nicht bekam. Aber ich sah durch dieses Verständnis hindurch ein für mich stärkeres Bild: Ich sah ein Kind, das vor einem Berg von aufgereihten Schuhen in Verzweiflung gerät, weil es unter all den vielen Schuhen sein eigenes Paar nicht findet. Ich war kein Kriegskind, ich hatte kein Problem mit Schuhen. Ich war ein Flüchtlingskind der zweiten Generation; ich hatte ein

Problem mit der Identität. Ich hatte einen anderen Grund. Kunst (und das unterscheidet sie von der Werbung, die ein Ziel hat) tendiert zur Kippfigur, zum unendlichen Vexierbild. Denn es ist die Rezeption des Einzelnen, die sie immer wieder – auch gegen die Zeit, auch an der Intention des Künstlers vorbei – erschafft.

Die Frage, warum ich »Flughafenfische« geschrieben habe, stellt sich mir nicht mehr. Mit der Existenz des Textes ist die Frage nach seinem Grund aufgehoben. Der eine oder andere Leser wird den Roman verstehen, wie ich ihn verstehe (oder nicht verstehe). Und auch wenn der Leser in dem Text etwas liest, was ich nicht lese (wenn er aber einen Grund hat, ihn zu lesen!), dann gibt das doch mir, die ich ihn geschrieben habe, ein Gefühl der Sicherheit. Ja, des Glücks, wie es nur ein gelungenes Wagnis schenkt. Denn unter dem Artistenhimmel ist der Autor der Trapezkünstler, der springt und fliegt. Und der Leser ist der Trapezkünstler auf der korrespondierend schwingenden Stange gegenüber, der ihn auffängt.

Damit der Autor wieder springen kann: beim Schreiben, wenn er einen Grund zuläßt, der nicht absehbar ist und noch im letzten Moment, wenn er losläßt, mit einem Mausklick.

Gegenwelten – Weltgegenden

Der Mausklick öffnet das Fenster zum Text oder die Website in die Welt. Die Panzer in der Wüste sind so nah wie die Aufgabe, gute Sätze zu schreiben. Eine Fingerspitzenbewegung weiter, und es schneit auf der Motta Naluns, Unterengadin. Ich klicke die Gondelstation weg und gehe in die Küche. Durch das Fenster sehe ich in ein Geviert von mittelalterlichen Fachwerkhäusern, schwäbische Provinz. Ich reiße die Packung Capellini (kurze Kochzeit) auf. Die dünnen Nudelstangen rutschen aus dem Karton; das Wasser brodelt hoch. Gleich mit der Gabel umrühren, sonst kleben sie zusammen. Wenn mir jetzt das richtige Adjektiv einfällt, muß ich es mir merken.

Die Koordinatensysteme der Aufmerksamkeit wechseln. Tisch decken, Parmesan und Butter, Gläser für Apfelsaft. Ich schneide eine Gurke auf. Im Hintergrund summt der Computer wie ein Zeitzünder. Erst wenn es unten an der Tür klingelt, fahre ich ihn herunter. Manchmal kommt noch ein Satz, bevor die Kinder die Treppe hinauftrampeln.

Jeden Tag freue ich mich auf das Familienmittagessen, das meine Arbeit stört. Einmal habe ich auf einem Podium zum Internationalen Frauentag bemerkt, daß verbindliche Ganztagsschulen für mich keine gute Kunde seien. Die Moderatorin von damals macht noch heute einen Bogen um mich; vermutlich habe ich auch Schlimmeres geäußert. Liberi et Libri, das ist wie Ein- und Ausatmen. Schreiben entwurzelt, muß entwurzeln, und Kinder erden. Sie können erden. Und dann wieder wirft dich ein Kind um wie nichts sonst im Leben, und das Schreiben wird zum Halt. Beides gehört für mich zusammen. (Hat nicht Hugo von Hofmannsthal von der Heiligen Theresa erzählt, wie sie am Herd stand und eine Vision nahen fühlte, sich ihr aber nur so weit überließ, daß ihr darüber die Fische in der Pfanne nicht mißglückten?)

Sie wisse nicht, ob sie ein Kind wolle, sagte eine von mir bewunderte junge Schriftstellerin. Mutterschaft verblöde. Ich verstehe sehr gut, was sie befürchtet: die banale Befriedigung wider jede Vernunft. Die Welt schrumpft zu einem Windelglück.Und doch sind Kinder das radikale Gegenwort.

Ein Mann, der sich als Nikolaus verkleidet, muß auch sterben, erklärte als Fünfjähriger einmal mein heute 19jähriger Sohn. Ich mußte an diesem Morgen nach Hamburg reisen, zu einer renommierten Redaktion. Und dann stand ich vor den modisch massiven Magazin-Herren und hatte Mühe, nicht zu lachen.

Schreiben und Kinder waren keine Gegenwelten, sondern ein osmotisches System. Gegenwelt war woanders. Sie begann mit einem Telephonat, das mich losschickte. Dann war ich unterwegs. Das hieß entbunden. Entbunden von zu Hause, aber auch entbunden vom eigenen, wohlorganisierten Ich. Von nun an war nicht mehr wichtig, was ich war. Ich war nur noch der Filter, durch den etwas hindurchlief, die ruhige Kamera, die aufnahm.

Als Kind hatte ich mir immer und mehr als alles andere gewünscht, unsichtbar zu sein. Das war nun in gewisser Weise erreicht. Wenn alles gut ging, war ich als Reporterin sozial nicht anwesend. Niemand kannte mich, doch ich würde alle kennenlernen. Ich durfte eine Geschichte suchen und mußte keine eigene haben. Wenn ich Glück hatte, wurde ich an einen Küchentisch eingeladen, aber ich kochte nicht. Ich mußte mich nicht um Heimat bemühen. In der Fremde war mir Heimatlosigkeit zum Beruf geworden. (Keine schlechte Lösung für die Tochter einer Flüchtlingsmutter.)

Ein befreundeter Photograph wollte mir einmal erklären, warum er mit der Werbephotographie aufgehört hatte. Wenn du Reklame für Zahnpasta machst, sagte er, dann frißt du diese Zahnpasta, du frißt sie, verstehst du? Vielleicht bin ich eine Reporterin, die Reklame macht für das Leben. Ich versuche, einen Ort zu erfassen (wie unterschiedlich Erde riechen kann), Arbeit zu verstehen (die Relativität von Reichtum), im Hinschauen rückhaltlos zu sein (keine Generation vor uns hat in dieser Weise mit medialen Bildern gelebt und mußte gegen Bilder sehen lernen). Es ist anstrengend und zugleich ungemein entlastend, für einige Tage, Wochen kein eigenes Leben mehr zu haben. Nur noch ein Meßgerät zu sein, das mit einer dünnen Mine in kleine Hefte notiert.

Und dann beginnt der Sog. Ein erlebter Moment bricht auf, und man antwortet unwillkürlich mit Worten. Solch reflexhaftes sprachliches Reagieren verändert die Sprache. Und es verändert das Erleben. (Aufblitzende Dankbarkeit dafür, da zu sein. Und: Die erschlichene Teilnahme impliziert ein Versprechen, das die Reportage einlösen muß.)

Die Ausbildung von Blindenhunden, das Leben der Nonnen in einem Schweigekloster: Ich bin mit einer schwarzen Augenbinde am Bügel eines warmen Tierkörpers durch Basel gegangen und habe in Marseille Leinenkutten ausgebessert und geschwiegen.

Und wenn es gelang (was jedes Mal unsicher blieb), kam schreibend in konturierten Nuancen der ungekannte Alltag zurück, eine wilde Beute, die das Hiersein bewies.

Warum ich Reporterin bin, auch wenn ich Romane schreibe.

Kurzes Querfeldein durch die Genres Essay, Reportage und fiktionale Prosa

Höflicher Applaus. Die Schriftstellerin schließt ihr Buch. Der Veranstalter lächelt in den Saal; schwer zu sagen, was er jetzt mehr fürchtet: das bleierne Schweigen des Publikums oder die erste Wortmeldung, die glockenrein die eine Frage stellt: »Warum schreiben Sie?«

Vermutlich ist die Frage besser als ihr Ruf. Eine kürzere Antwort, die mir einfiele, hieße: Ich schreibe, weil ich atme, weil ich so bin. Die längere beginnt zu erzählen. Ich habe mich oft im Kino gelangweilt, aber nie an einer Bushaltestelle. So bin ich Reporterin geworden. Reisereportagen, Sozialreportagen, Portraits. Daneben Kritiken, Essays. Über Mangel an Ärger mit Redaktionen konnte ich mich nicht beklagen, aber prinzipiell war ich einverstanden mit meinem Beruf. Es gab keinen Grund, etwas zu ändern. Nach dem Tod meiner Mutter, dem sehr schnell der Tod meines Vaters folgte, saß ich dann auf einmal am Computer und hatte, während ich doch an einer Auftragsarbeit formulierte, schon ein anderes Fenster geöffnet, in das ich seltsame Dinge hineintippte. Abgerissene Wendungen. Fragmentierte Bilder. Erinnerungssplitter. Und nun wußte ich tatsächlich nicht, warum ich schrieb. Warum ich das schrieb. Offensichtlich wollte hier etwas erzählt werden, das zu keiner Reportage, zu keinem Essay taugte. Ich habe diese Stücke, die so unter der Hand entstanden, in einer Mischung aus Faszination und Spott betrachtet. Ich hatte so etwas nicht erwartet. Jetzt aber war es da. Und indem ich diese Sprachvaganten ernst nahm und anfing, mit ihnen zu arbeiten, entstand mein erster Roman.

Schon als Reporterin war ich manchmal zu Lesungen eingeladen worden. Nun aber gehörte ich dazu; nach mehreren Büchern mit Reportagen und Essays hatte mich doch erst die fiktionale Prosa zur Schriftstellerin gemacht. Aber worin lag die literarische Wertschätzung, die mich auf einmal bedachte? Ich schrieb doch nicht anders. Es gab also einen geheimen Inventionsgraben, der erlaubte, noch den schlichtesten Roman selbstverständlich zur Literatur zu rechnen, während eine Reportage qua Genre immer Tagesjournalismus blieb.

Jeder Reporter weiß, daß es kein Erzählen ohne Fiktionalisierung gibt. (Das liegt im Wesen des Erzählens. Jede Mutter, jeder Vater erfährt es, wenn die Kinder von ihren Feldforschungen nach Hause kommen: so viele zahnluckige Münder um den Küchentisch, so viele Geschichten. Gerade wenn alle dasselbe erlebt haben.) Eine gute, eine anschauliche Reportage ist ein von Grund auf erfundener Text. Schon während der Recherche muß abgewogen werden, welche Personen die Geschichte tragen können, welche Details zu Motiven taugen. Zu klären ist, in welcher Perspektive und Zeitstruktur erzählt werden soll und ob die Geschichte ein leitendes Ich braucht. Wie müssen die Schnitte kalkuliert werden, die das Tempo steuern? Das sind bei weitem nicht alle Fragen, aber ungefähr mit diesen Überlegungen geht es los. Aber fragt der Autor einer Erzählung anders?

Was die Reportage von den sogenannten fiktionalen Genres grundsätzlich unterscheidet, ist ihr Verhältnis zur Welt. Eine Reportage muß in dem, was überprüfbar ist, stimmen. Aber ist Faktentreue ein Kriterium, das Literatur ausschließt? Wohl kaum. Ein zweiter Unterschied liegt im Verhältnis zum Markt. Wer über den literarischen Markt wehklagt, kennt den journalistischen nicht. Große, aufwendige Reportagen werden meist von Hochglanzmagazinen finanziert, die streng publikumsorientiert arbeiten. Hier kommen »Textpflegeinstanzen« zum Zug, die mit sicherem Instinkt jede ungewöhnliche Wendung gegen eine abgesicherte Alltagsformulierung auszutauschen versuchen. Ich habe aus diesem Grund nicht nur eine Redaktion gewechselt. Aber eben: Man kann wechseln. Und die Probleme des verstümmelnden Lektorats sind nicht genreabhängig.

Vielleicht macht es, in den Reihen der Literatur, die Reportage verdächtig, daß sie verständlich sein soll. Ich zähle mich zu den realistischen Autoren; ich habe Klarheit gerne und verbeuge mich vor dem Geheimnis, das in jeder gelungenen Form liegt. (Wer immer noch streng am Inkommensurablen der Kunst festhält, läuft Gefahr, ästhetisch schwer enttäuscht zu werden, wenn er sich vor dem Umkehrschluß nicht hütet.)

Was aber ändert sich jetzt beim Erzählen, wenn der Boden der faktischen Nachprüfbarkeit verlassen wird? Hat das Folgen für die Struktur des Textes? Ich schlage für die weitere Überlegung einige Beispiele vom eigenen Schreibtisch vor. Fangen wir vor dem Erzählen an. Beginnen wir beim Essay. Fraglos gibt es essayistische Romane, und im Zweifelsfall sind die Übergänge fließend. Aber ganz grob kann gesagt werden, daß im Unterschied zu den erzählenden Genres der Essay keine Raumerfahrung vermittelt. Das gibt ihm eine ungeheure Freiheit. Er kann ungebunden Ideen, Bilder, Zitate, narrative Inseln aufnehmen, ohne sie in eine Erlebnisdimension einbetten zu müssen. In ihm vollzieht sich keine Handlung. Hier sind es die Einfälle, die freien Assoziationen, die sich bewegen, keine Menschen, die mit sich oder anderen umgehen. Anders gesagt: Immer wenn der Leser eine Raumvorstellung assoziiert, befindet er sich in einer Erzählung oder zumindest in einer erzählenden Passage. Auch damit kann der Essay spielen.

»Die schönen Dinge«, sagt Kant, zeigen an, »daß der Mensch in die Welt paßt.« Was schön ist, lädt uns ein, da zu sein und dazubleiben. Wir dürfen ihm vertrauen. Die schönen Dinge trösten uns. Umso schlimmer, wenn wir beim Betreten eines Hotelzimmers mit instinktiver Sicherheit wissen, daß wir sofort wieder gehen sollten. Wir bleiben, denn das Zimmer ist einfach und doch eigentlich in Ordnung. Jemand hat gelüftet, das Bett ist frisch bezogen, der kleine Tisch vor das Fenster gerückt, wo hinter den Gardinen tief unten der Frieden eines leeren Innenhofes liegt. Es ist fast gemütlich. Was also gibt diesem Raum die besondere Aura einer abstürzenden Häßlichkeit? Wir sitzen auf der Bettkante, und der ganze Jammer des mühevoll Ordentlichen schaut zurück. Dezente Brandlöcher, wiederholt abgesaugt und ausgefranst, Gilbspuren von Verschüttetem, die jeder Shampoonierung standgehalten haben, bei der Tür die schattige Trittspur früherer Gäste, an den Randleisten Aufwerfungen. Das leise Elend des alten Teppichbodens schickt uns zweifellos fort, es zeigt an, daß wir mit der Welt zerfallen können.

Ein Essay über das Phänomen Teppichboden kann mit einem Kant-Zitat in einem Hotelzimmer beginnen und über den lumpigsten Erscheinungsformen der Auslegeware die Existenzfrage stellen. Er darf in der Folge verschiedene Formen von Gebrauchsspuren an anderen Materialien zitieren (Bodenkacheln, Holzdielen, afrikanischer Lehmboden) und bei der Frage des prekären Alterns landen. Von hier kommt er leicht zum Altern von Blumen, die das mit weniger (Maiglöckchen) oder mehr (Hortensie) Anmut leisten. Und schon ist der mäandernde, springende Essay bei Rilkes Sonett und dem Einfall, daß es zwar Gedichte auf Orientteppiche gibt, aber keine auf den Teppichboden. Am Schluß landet er beim Teddybären:

> Ein Teddybär, zum Beispiel, aus Plüsch oder Wollflor ist – vom Material aus gesehen – sein unmittelbarerer Verwandter. Aber der verträgt eben alles. Abgeknutscht, klebrig, schmutzig verzaust sind ihm die innigsten Plätze sicher. Ein alter Teppichboden aber tröstet niemanden. Und es rettet ihn kaum die Liebe. Er bleibt allein merkwürdig.

In den Sprachschleifen des Essays wird der Teppichboden zwischen Kant und Teddybär zum Grund, um über die Schönheit, das Alter und die Liebe zu sprechen. Ein Essay kann jede Materialschlacht wagen. Was ihn zusammenhält, ist nicht einmal ein roter Faden. Ihn stützen ein paar rote Punkte vielleicht und die Haltung, der Atem dessen, der spricht. So darf ein Essay alles, was er stilistisch trägt. Die Reportage hingegen darf, unabhängig von ihrem sprachlichen Niveau, vor allem sehr vieles nicht. Im Vergleich zum Essay ist sie eine strenge, ja keusche Kunstform.

Bleiben wir auf dem Teppichboden. In einer Auftragsarbeit über die Zimmermädchen im Berner Staatshotel Bellevue Palace habe ich versucht, die scheinbar selbstverständlichen und von keinem Gast reflektierten Handgriffe sprachlich umzusetzen und so sichtbar zu machen. Wer diese Reportage gelesen hatte, sollte kein Hotelzimmer mehr betreten, ohne die Arbeit zu sehen, die in einem sauberen Zimmer steckt.

> Jetzt Fenster schließen, Vorhänge zuziehen, Übervorhänge ausrichten. Mirijana geht zum Zimmermädchenwagen und holt den Eimer und den Besen mit dem Putzlappen. Die Gästehandtücher im Bad fliegen auf den Boden, die Klobürste kommt in die Toilette und wird mit ein wenig Reiniger übergossen. Sie zieht den Abflußstöpsel aus den marmornen Becken und entfernt die Haare, putzt und trocknet die Flächen, die Zahnputzgläser. Sie steigt in die Badewanne und entfernt die Kalkspritzer von der gläsernen Tür, dann beugt sie sich von außen in die Wanne, schäumt die Wannenwände ein, spült nach, trocknet ab. Sie putzt die Spiegel und den runden Vergrößerungsspiegel, wickelt das Kabel des Föhns auf und hängt ihn in die Halterung. Die Toilettenschüssel wird von innen, dann von außen gewischt. Die Ecken des Bodens fährt sie in der Hocke nach. Sie nimmt die alten Handtücher fort und bringt neue.
> Sie hat sich gemerkt, welche Gästeauflagen fehlen, und hat Ersatz dabei. Wenn sie sich täuscht, läuft sie dafür zweimal.

Einige Tage bin ich selbst – Röckchen, Schürzchen – mit den Zimmermädchen losgezogen, habe in der Kantine gegessen und habe, was ich sah und hörte, aufgeschrieben. (Auch das wird leicht vergessen: Jede Reportage ist ein autobiographischer Text.) Gerade die Szene, in der ein Zimmer geputzt wird, erwies sich bei der Verschriftlichung als extrem schwierig. Denn was geschieht, ist ja langweilig. Und genau das war das Thema. Ich habe – den Auftrag und die Zimmermädchen abwechselnd verfluchend – meinen Text immer wieder umgeschrieben und zunehmend versucht, ihn über den Rhythmus zu dramatisieren, damit das völlig unspektakuläre Geschehen einen Sog entwickelte:

> In der Natur wächst Symmetrie; in einem Hotel ist sie Handarbeit: unter die Waschbecken je ein feines Handtuch und ein Frotteetuch, auf die Waschbecken je ein Lavette, einen Schuhputzschwamm, eine Nagelfeile, das pfirsichfarbene Fläschchen, das blaue, die Duschhaube. Auf den Badewannenrand zwei Badezimmerteppiche, doch so, daß die Schrift »Bellevue Palace Bern« über beide hinwegläuft. Gut lesbar und sich in der Schrift ergänzend müssen auch die beiden Badehandtücher über den silbernen Radiatoren hängen. Mirijana schaut sich um. Mit dem umwickelten Besen geht sie abschließend über den Boden. Es ist 8.05 Uhr. Eines von 17 Zimmern ist fertig.

Mirijana ist keine Romanfigur? (Sie könnte gut eine werden. Sie könnte auch in diesem lakonischen Reportagestil eine werden.) Die junge Frau, die von der Schweiz aus ihre Familie in Jugoslawien ernährt, steht hier exemplarisch für ein wirtschaftlich-soziologisches Phänomen. Es geht in der Reportage nicht um ihre (vermutliche) Sehnsucht nach Kind, Mann und Heimat, es geht um ihre Arbeit, die natürlich auf dem nur angedeuteten Hintergrund ihrer sozialen Isolierung eine zusätzliche Schärfe bekommt. Ein Blick auf eine verwandte Szene aus dem Roman, im Innenraum einer Wohnung, macht sofort deutlich, wo sich die Reportage eine Zurückhaltung auferlegen mußte, die der Roman nicht kennt:

> Im Flur war es dunkel, die Jalousien im Wohnzimmer und in der Küche waren heruntergelassen worden, wohl um die Hitze draußenzuhalten. Johanna kurbelte die schweren Vorrichtungen hoch, schob im Wohnzimmer die bodenlangen Gardinen zur Seite und öffnete ein Fenster. Die Hitze schlug ihr entgegen. Sie ging zurück und kippte den Plastiksack in den Flur. (...) Sie sollte etwas tun; die Krankenhauswäsche lag im Flur. Sie ging ins Badezimmer, knipste das Licht an, nahm das Frotteedeckchen von der Waschmaschine und öffnete den Deckel. Sie überlegte, ob sie zuerst eine 40 Grad-Wäsche waschen sollte oder eine 60 Grad-Wäsche. Sie ging ins Schlafzimmer, um nach Wäschestücken zu sehen, die in ihrer Temperaturverträglichkeit zu denen aus dem Krankenhaus passen würden. (...)
> Noch bevor sie ein Wäschestück berührt hatte, kam der Geruch. Ein blasser vertrauter Muttergeruch. Johanna wußte, daß ihre Mutter eine peinlich saubere Frau gewesen war. Doch getragene Nylon- oder Perlonstrümpfe riechen, Kittelschürzen mit Flecken von Essensspuren, in den Taschen vergessene Taschentücher. Trevirapullover, Söckchen. Sie sortierte die Kleider auf dem Teppichboden des Flurs. (...) Der vage, vertraute Geruch packte sie. Der Geruch hatte sich selbständig gemacht, er war monströs geworden, er hatte die tote Mutter überstiegen. Bevor sie es begriff, hatte sie ihn in den Lungen und atmete ihn aus, um ihn wieder einzuatmen. Sie atmete die Mutter. Und die tote Mutter atmend überkam sie eine haltlose Übelkeit.

Hier geht es nicht um die Handgriffe eines Arbeitsprozesses, sondern darum, daß eine Frau nach dem Tod ihrer Mutter in der Wohnung der Toten nicht weiß, was sie tun soll. Indem sie anfängt, irgendetwas zu tun, nämlich Wäsche zu waschen, gerät sie in den Sog der Kleider, in den Sog der mit Dingen vollgestopften Wohnung, die für sie zu Auslösern der Erinnerung werden. Nicht die Recherche, nicht die Sorgfalt im Hinsehen, nicht einmal die stilistischen Techniken trennen für mich eine Reportage von Kurzgeschichte, Erzählung oder Roman. Den Unterschied macht eine kleine Drehung hin zu psychischen Prozessen. Es sind wenige Grade rückhaltloser Aufmerksamkeit mehr. Mit Erfinden in einem emphatischen Sinn hat das nichts zu tun, eher mit Zulassen. Zulassen von Bildern, von Empfindungen, von Sätzen auch. Eine Formulierung wie »Sie atmete die Mutter« ist nur die Umsetzung einer sehr konkreten Erfahrung beim Sortieren der getragenen Wäsche. In einer Reportage wäre dieser Satz suspekt; im Roman aber bewährt sich die Reportertreue zu Details, ohne die sich die radikalen Räume des Empfindens nicht öffnen würden. Damit aber ist der Roman eine Reportage aus der Intimität.

»Kennen Sie Ihre Figuren?« fragte mich nach einer Lesung einmal scheu ein Herr, von dem ich vermute, daß er ein Deutschlehrer war. Die Frage hat mir sehr gefallen. Denn jetzt wußte ich noch eine Antwort, warum ich schreibe: Nein, ich kenne meine Figuren nicht. Sie fallen mir auf oder sie fallen mir ein. Sie nehmen mich mit. Ich notiere alles. Und dann schreibe ich, um sie kennenzulernen.

Lou und Geheimagent H_2O, oder wie ein Schulhausroman entsteht

Ein Anruf aus Zürich. Ich stand am mittäglichen Nudeltopf. Es ginge, sagte eine männliche Stimme, um ein Schreibprojekt. Mit einer 2. Real in St. Moritz. Im Herbst. Schriftsteller würden in Schulklassen geschickt, über einige Wochen erarbeiteten sie dort einen Schulhausroman. Ich blies in den Wasserdampf und bewegte die Gabel. Bis Herbst war noch lange hin. Schreibkurse zwischen Universitäten und Kulturhotels gehören zu meinem Alltag. Warum nicht einmal im Klassenzimmer? Als ich die Capellini abgoß, hatte ich zugesagt. Sie hatten eine perfekte Konsistenz.

Es wurde Sommer, Herbst. Ein dicker Umschlag aus Zürich war gekommen; er lag ungeöffnet auf einem Stapel. Aber ich hatte mit dem Klassenlehrer in St. Moritz telephoniert. Auch Peter Arnet machte zum ersten Mal mit bei so einem Schulhausprojekt. Am Wochenende vor meinem Klassenbesuch öffnete ich den Umschlag und begann zu lesen. Mit wachsendem Entsetzen. Das waren keine Einzeltexte, wie sie aus Schreibspielen hervorgehen. Vor mir lagen schlüssige Erzählungen: realistisch oder surreal, psychologisch ernst oder slapstickhaft heiter. Das Wort »Schulhausroman« war nicht metaphorisch gemeint. Man wollte, daß ich mit einer Schulklasse einen längeren zusammenhängenden Text entwickeln würde.

Das kann ich nicht. – Unsinn, antwortete meine Freundin am Telephon sanft. – Ich habe noch nie eine aufregende Handlung geschrieben, sagte ich. Ich komme nicht aus den Räumen raus. Ich schreibe Seelenaugenblicke! Meine Freundin lachte auf. (Sie hat mehr Romane geschrieben als ich.) Du nimmst das jetzt wie Kochen, sagte sie. (Sie ist die bessere Köchin.) Du fragst die Schüler, was sie wollen: Liebesgeschichte, Abenteuergeschichte, Krimi? Und dann überlegt ihr, welche Zutaten ihr braucht. Helden, Konflikte, Orte. Ich dankte und legte auf. Das konnte nicht gutgehen.

Es war noch dunkel, als ich ins Postauto stieg. Dann ging es mit der Rhätischen Bahn durch den ersten Schnee hinauf ins Oberengadin. Mit jedem Höhenmeter stieg die Angst. Im kommenden Licht zeigten sich die Berge in ihrer entmutigenden Schönheit. Auf dem See dann das Boot, ein Segantini-Moment. Das Schulhaus Grevas lag am Hügel. Ich drückte die Glastür auf. Der Geruch von Kinderkleidern, Vesperbroten, Turnschweiß. In den Vitrinen ausgestopfte Tiere. Ein schlanker Mann mit weißen Haaren kam mir entgegen. Ich habe Sie kommen sehen, sagte er und gab mir die Hand.

Manchmal war es bei Reportagen so. Ein Lehmdorf im Süden Chinas, zwölf Eisenbahnstunden von Kunming entfernt; ein paar Hütten in der Savanne an der Cote d'Ivoire; ein Geröllstreifen Niemandsland an der griechisch-albanischen Grenze. Man war allein, man hatte keine Ahnung. Der ewige Augenblick zéro. Bis der Handschlag einer Übersetzerin kam, das Nicken einer Feticheuse oder ein ritterlicher Taxifahrer, der die Wagentür öffnete. Jetzt war es ein Lehrer, der vorausging.

Zwölf Kinder, Jugendliche, um die 14, 15 Jahre alt, drei Reihen von Schulbänken. Erwartungsoffene Blicke. – Ich bin eure Schreiblehrerin, sagte ich. (Was war ich?) Wir machen zusammen einen Schulhausroman. (Wenn ich nur wüßte, wie.) Es ist eure Geschichte. Ich bin für euch da. (Das war wohl das mindeste!) Wollt ihr eine Liebesgeschichte oder einen Abenteuerroman? (Hochstaplerin!) Die Schüler lächelten. (Immerhin.) Aber sie schwiegen. Ihr wohnt in St. Moritz, versuchte ich es, wir könnten eine Geschichte über euren Ort schreiben. (Hört, hört, die Reporterin!) Wir könnten den Ort St. Max nennen. (Sehr originell!) Einige Schüler kicherten, aber offensichtlich fanden sie die Idee blöd. (Ich jetzt auch.) Der Lehrer lächelte aufmunternd. (Souverän. Abwartend.) Wir können machen, was ihr wollt, sagte ich hilflos. Ein Mädchen meldete sich, es hatte einen italienischen Vornamen: Ein Mädchen soll vorkommen, das gerne reist. Das Mädchen kommt aus Italien, aber es lebt woanders. – (Danke, liebes Mädchen, für das Mädchen!) Und wohin will es reisen? – Japan, Tokio, sagte ein Junge. Amerika, sagte das Mädchen. Ein anderer Junge meldete sich. Das Mädchen, sagte er, soll nicht aus Italien kommen. Es soll woandersher kommen. (Oh, er interessiert sich schon für unsere noch kaum erfundene Heldin. Und er will sie lösen aus der Deutungshoheit ihrer ersten Erfinderin.) – Gut, sagte ich, woher soll das Mädchen denn kommen? – Von einer Insel zum Beispiel, rief jemand. – Einverstanden, sagte ich. Wir haben also ein Mädchen, das gerne reist. Es lebt auf einer Insel. Und wo liegt die Insel? Wo es immer warm ist, rief ein Junge. Und es gibt Strände. – Eine Vulkaninsel im Pazifik vielleicht? Im Unterschied zu St. Max kam die Vulkaninsel sofort an.

Durch das Fenster sah ich auf den verschneiten Muottas Muragl. Und warum will das Mädchen reisen? – Es will weg. Es hat Zoff mit seiner Mutter. – Und was macht der Vater? – Der Vater ist verschwunden. Vielleicht sucht das Mädchen den Vater? Auch diese Idee wurde akzeptiert. – Wir sind frei, sagte ich. (Stimmt nicht. Es mußte zusammenpassen.) Wie reist das Mädchen denn? Pause. Es kann ein Auto haben, sagte ich. Das Mädchen will nach Tokio, sagte ein Junge. Das Auto kann vielleicht fliegen, sagte ich. Plötzlich kam Bewegung in die Klasse. Und vielleicht kann es sprechen, wie Herbie, sagte ein Junge. Wenn es sprechen kann, sagte ich, kann es auch tauchen. – Und es kann die Sprache der Tiere verstehen, sagte ein Mädchen. Und es kann die Gedanken der Menschen lesen, sagte ein Junge. Meistens, sagte ich. Und es hat Waffen an Bord, rief ein Junge. Es ist ein Geheimagent, rief ein anderer. Und es fährt nur mit Sauerstoff. Aber bei Gefahr kann es Öl und Nägel ablassen. Und wie heißt es? – 006, sagte ein Junge. Das ist blöd, sagte ein anderer. Das klingt wie 007, das gibt es schon. Gut, sagte ich, wenn es nur Sauerstoff braucht und fliegen und schwimmen kann, könnten wir das Auto H_2O nennen. Sie waren einverstanden. Aber das ist nur der Geheimname, sagte ein Junge. Sein richtiger Name ist Camo. Warum Camo? Der Junge zuckte mit den Schultern. Aber Camo galt.

Nach etwa einer Stunde hatten wir eine erste Konzeption. Lou, ein 15jähriges Mädchen auf einer Vulkaninsel im Pazifik, hat Streit mit seiner Mutter. Ihr Vater Max (das also war der Rest meiner St.-Moritz-Idee), ein Erfinder, ist vor sieben Jahren verschwunden. Vermutlich wurde er ermordet, vermutlich in Tokio. Eines Tages spricht ein Auto, Camo, Geheimagent H_2O, das Mädchen an. (Camo spricht durch den Kühler.) Das Auto ist einmal vom Vater erfunden worden. Camo schlägt Lou vor, sich mit ihr auf die Suche nach dem Grab des Vaters zu machen. Lou soll die Wahrheit erfahren. Auto und Mädchen verabreden sich nachts am Strand. Die Klasse schien zufrieden. Fast alle hatten Ideen formuliert, die eingearbeitet werden konnten. Hinten saß ein Junge, der nichts gesagt hatte. Ich fragte, was noch vorkommen solle. Er zuckte mit den Schultern. Ich sagte, er solle sich etwas wünschen. Ein Skateboarder, sagte er, soll einmal vorkommen. Aus seinem Vorschlag entstand später eine ganze Szene in New York bei einem Skater-Contest. Fast alle Jungen der Klasse schrieben »ihren« Skateboarder, sein Brett, seine Sprünge, seine Kleidung. Da ich mich bei diesem Sport nicht auskenne, bestand ich auf größtmöglicher Genauigkeit. Sie verstanden, daß die Szene ganz und gar von ihnen abhing. Die Szene wurde gut, und Lou verliebte sich in Jack, einen der Skater. Am Ende lernt sein Skateboard fliegen, Geheimagent H_2O hilft ihm dabei.

Noch waren wir beim ersten Kapitel. Wenn alle zusammen schreiben sollten, brauchten wir eine Struktur. Wir zerlegten die Handlung in Abschnitte: Mädchen im Klassenzimmer bei Schulschluß. Auf der Straße wird das Mädchen vom Auto beobachtet. Mutter allein im Haus. Tagebuch des Vaters. Auto spricht Mädchen an. Für jede Szene fanden sich schnell zwei bis drei Schüler. Ein Mädchen blieb alleine. Sie wählte die Szene der Mutter im Haus. Ich bat die Schüler, sich keinerlei Gedanken über die Rechtschreibung zu machen. Das interessiere mich nicht. Ich wollte ihre Beschreibungen. Und ich brauchte Bausteine, die kompatibel waren. So gab ich die Erzählperspektive der einzelnen Szenen vor. Das Mädchen (es erzählt die erste Szene) und das Auto (erzählt die zweite) sollten in der Ich-Perspektive sprechen. Die Mutter sollte von außen gesehen werden. Der Vater erschien als Schreibender: »Liebes Tagebuch …« Das war nicht schwer zu verstehen und gab den Schülern einen Rahmen. Nach einer halben Stunde lasen sie vor. Die Texte wurden in der Klasse diskutiert. Das Mädchen, das alleine schrieb, hatte die Mutter Diana erfunden. Diana war Architektin, hatte viele Liebhaber, war aber sehr einsam. Sie trank zu viel Alkohol. Ihr Vertrauter war ein Papagei. Wenn sie betrunken war, kreiste er um ihren Kopf. Sie hatte ein Geheimnis. Heldin Lou hatte Probleme mit ihrem Mathematiklehrer Herrn Candy, der beim Sprechen immer spuckte. Das Auto war ein zitronenfarbener Mini, Karosserie von 1962. Aber es konnte seine Farbe wechseln, fuhr mit Autopilot, hörte gerne Hardcore Punk. Ich sammelte die Szenen ein. Kostbarkeiten. Unikate. Ich war aufgeregt. Zuhause würde ich daraus das Kapitel zusammensetzen.

Die Schüler füllten einen Projekt-Fragebogen aus. Die meisten waren in der Schweiz geboren, viele hatten Wurzeln in verschiedenen Nationen (Italien, Portugal, Kroatien, Belgien, Österreich), knapp die Hälfte war zweisprachig. Bei der Frage nach der Familie nannte ein Junge seine Mutter und seine Katze. Bei der Frage nach der Zukunft schrieb ein Mädchen »Besserung«. In der Rubrik »Lieblingsspruch« las ich: »hg/gg«. Das heißt, wie ich erfuhr: »hesch guot/gots guot«.

Acht Montagvormittage kam ich in die Klasse, für drei Schulstunden. Meist blieb der Lehrer im Raum. Er beobachtete. Er schrieb Stichworte an die Tafel. Er fragte nach, wenn er spürte, daß sich die Phantasien logisch gegen den bisherigen Plot richteten. Die Schüler korrigierten sich. Manchmal brauchten wir die ganze Zeit, um Szenen zu entwickeln und sie zu erzählen. Dann bekam ich die Texte per Mail. Wenn ich wieder Montag morgens im Zug saß, hatte ich zwar das Kapitel der letzten Sitzung geschrieben, wußte aber nie, wie es weiterging. Ich sah auf die Berge. Ich sah auf den See. Im Klassenzimmer las ich vor (es war jedes Mal eine Prüfung). Die Schüler hörten genau zu, forderten kleine Korrekturen ein. Schreibend hatte ich mich als handwerkliche Instanz gesehen, die auf paradoxe Weise einen Text restaurierte, den es noch nicht gab. Es galt, die Originalstücke zu erhalten, auch das, was zwischen den Zeilen flimmerte. Oft mußte ich auseinanderlaufende Stränge bündeln. Manchmal erfand ich in die Szenen der Schüler hinein atmosphärische Details, die die Stücke zusammenhalten konnten und von denen ich glaubte, sie würden ihnen gefallen. Das meiste davon nahmen sie an, spielten damit motivisch weiter. Was mich wunderte: Ich hatte die Szenen trotz wechselnder Erzählperspektive hart gegeneinandergesetzt. Manche Momente überlappten sich in den verschiedenen Blickwinkeln. Aber sie fanden es unnötig, daß ich Verbindungen schrieb. Sie waren vor Bildschirmen groß geworden, auf denen sich Fenster ineinander und nebeneinander öffneten.

Ortswechsel waren wichtig. Sie wollten in New York, in Tokio »sein«. Sie wollten durch Haie tauchen, über den

Himalaya fliegen. Sie recherchierten mit dem Schweizer Weltatlas und am PC im Klassenzimmer Routen und Topographien. Manche Szenen wurden in Zweier- oder Dreier-Gruppen doppelt besetzt. Dann mischte ich, verband. Bei einer Gewaltszene nahmen wir zwei sich ausschließende Varianten auf, eine nicht so brutale und eine sehr brutale; der Leser sollte selbst wählen, welche für ihn galt. (Sie sollten Grausamkeiten schreiben, wenn sie sie schreiben wollten. Aber sie sollten genau sein.) Sie liebten Wirbelstürme, Notlandungen, Explosionen. Immer wieder gab es eine Sehnsucht nach Tieren. Plötzlich war Timo da, ein Beagle, Funktion: Forscherhund, und auch ein Forscherdrache, Frodo, der aber nur hieß wie ein Hobbit aus »Der Herr der Ringe«. Und manchmal schrieben sie poetische, nicht erklärbare Momente, wenn etwa H_2O durch einen blühenden Kirschbaumwald fuhr und erzählte: »Rechts und links zogen sich nun Mauern hin, auf denen kleine Kätzchen saßen. Immer wieder mußte ich abbremsen und langsamer fahren, sonst erschraken die Kätzchen und fielen runter. Ich paßte auf, und so passierte es nicht oft.« Bei der Frage nach dem Vater erfand ein Junge aus dem Stand seinen bösen Gegenspieler Mister G. Und ich lernte Handlungsstränge zusammenzuführen. Dianas Geheimnis bestand nun darin, die ehemalige Geliebte von Mister G zu sein. Aus dieser Beziehung war Lous Halbschwester Luna hervorgegangen, ein schillerndes Wesen zwischen Brutalität und Verletzung. Fast zwangsläufig waren wir zu archaischen Familienkonflikten gekommen. Nach Diskussionen wurde beschlossen, daß der Vater von Lou noch leben sollte. Im Augenblick, da Diana zu Hause auf der Vulkaninsel sein Tagebuch findet, taucht er in Tokio auf und fliegt mit H_2O

und allen anderen zurück. Die Schüler hatten genaue Vorstellungen vom Happy End. Mister G wurde ausgeschaltet, Diana von ihrer Alkoholkrankheit geheilt (durch die Rückkehr ihres Mannes). Und Luna (die in der brutalen Variante ihren Vater Mister G tötet) wurde von ihrer Mutter Diana und ihrem Stiefvater Max aufgenommen. Am Ende kicken Forscherdrache Frodo und Forscherhund Timo einen zerbeulten Ball über den Strand und denken über die Zukunft nach. Der Horizont öffnet sich auf Berufsaussichten und (familiäre) Gemeinsamkeit: Diana baut für alle ein Haus, in dem sie zumindest in den Ferien zusammenkommen. Erfindend identifizierten sich die Schüler mit den entstehenden Figuren. Auffallend war, daß ihre Texte zunehmend länger, epischer wurden. Bei zwei öffentlichen Lesungen in St. Moritz und Chur haben sie ihren Roman mit viel Energie vorgestellt. Sie waren überzeugend. Und haben mich überzeugt, daß ich Handlung schreiben kann. In ihrem Klassenzimmer bin ich für immer aus den Räumen herausgekommen. Zum Abschied gaben sie mir – wie jedesmal – alle die Hand.

In üna lingua estra tuot es da stà – Vom Sprechenlernen durch Kreatives Schreiben

Zweieinhalb Jahre lebten wir schon in der romanischsprachigen Gemeinde im Unterengadin. Mein Sohn ging auf die Dorfschule und hatte die Sprache des Tals (Vallader) schnell gelernt. Der Unterricht findet in den ersten sechs Jahren in allen Fächern auf Romanisch statt; erst ab der vierten Klasse kommt Deutsch als Fremdsprache dazu. Auch mein Mann, der sprachbegabt ist, unterhielt sich bald mit den Nachbarn auf Vallader. Und spätestens als er Co-Trainer der Fußballjugend des Dorfes wurde, war ihm klar, daß er weder auf Hochdeutsch noch auf Schwäbisch eine Chance gehabt hätte. Manches muß in der Muttersprache klar sein.

Auch ich nahm Romanischunterricht und lernte ein wenig das Verstehen. Aber ich sprach nicht. Einmal hatten wir in Griechenland gelebt. Ich habe nicht gut Griechisch gelernt, aber im Alltag mußte ich mich doch auf Griechisch verständlich machen. Niemand kam mir in meiner Sprache entgegen. Hier im Dorf war das anders. Die Einheimischen wichen sofort auf Deutsch aus, wenn ich ihnen nicht auf Vallader antwortete. Sie waren höflich; deshalb lernte ich ihre Sprache nicht.

Nach zweieinhalb Jahren beschlich mich zunehmend Panik. Ich war eine Fremde im Dorf. Keine Bäuerin, keine Engadinerin. Das war klar. Aber ich wollte als Fremde schon ein wenig dazugehören. In der Fremdsprache Deutsch, das spürte ich, würde das kaum gelingen. Es gibt Gespräche, die zumindest ansatzweise auf Romanisch zu führen sind. Sprache ist auch Ritual und Geste.

Mir gefiel der Klang des Valladers, der Bilderreichtum. Ich hatte meine Nachbarn gern. Warum unterhielt ich mich nicht mit ihnen in ihrer Sprache? Ich wollte nicht radebrechen; ich hatte eine Scheu vor schlechtem Sprachniveau. Ich wußte, daß das Unsinn ist. Aber ich schaffte den Sprung nicht.

Dann hatte ich doppeltes Glück. Leta Semadeni, eine romanische Lyrikerin aus dem nahegelegenen Dorf Lavin, bat mich, das Manuskript ihrer neuen Gedichte anzusehen. Leta Semadeni schreibt auf Deutsch und auf Romanisch. Sie übersetzt nicht direkt von der einen in die andere Sprache, sondern schreibt gleichsam parallele Texte, die voneinander abweichen können. Aber erst wenn ihre Texte in beiden Sprachen da sind (manchmal zuerst auf Romanisch, manchmal zuerst auf Deutsch), ist für sie die Arbeit des Gedichts geleistet. So sind ihre Verse Doppelwesen, die immer noch mit dem anderen Sprachecho leben. Das faszinierte mich. In Gesprächen mit Leta Semadeni bereitete sich eine Idee vor. Und als mir meine Romanischlehrerin eines Tages ein leeres Heft in die Hand drückte und sagte, die »Uniun litteratura rumantscha« feiere ein Jubiläum; jeder könne in so ein Heft etwas hineinschreiben, -malen, -kleben, da war ein Damm gebrochen.

Ich begann, romanische Gedichte zu schreiben. Gedichte aus ersten Wörtern: Poesias dals prüms pleds. Mit dem Zeigefinger fuhr ich die Wortkolonnen im Lexikon nach. Ich blätterte in der Konjugationstabelle »Verbs Valladers«. Ich klickte im Netz das »Vocabulari vallader-tudais-ch, Deutsch-Vallader« an und tippte Wörter in die Suchmaske. Ich spielte. Ein Flirt begann, und die fremde schöne Sprache reagierte. Sie antwortete mit Wörtern auf meine Ideen.

»In einer fremden Sprache«, dachte ich, »ist alles neu.« Ich suchte die Vokabeln zusammen: »In üna lingua estra es tuot nouv.« Das war noch nicht gut. Es ist ja nicht nur neu, dachte ich, es ist auch nah, denn die Wörter sind noch fremd und deshalb intensiv. »In üna lingua estra es tuot strusch.« Das war auch nicht das, was ich erhofft hatte. Für »nah« wäre auch »ardaint« möglich. Damit wurde es nicht viel besser. Ich spielte mit dem Wort »estra«: fremd. Lexikonkolonne, Netz. Fingerspitzenarbeit. Ich stieß auf das Wort »estiv«, sommerlich. »In einer neuen Sprache ist alles sommerlich.« Das ist im Deutschen vom Gedanken her schön, aber klanglich nicht überzeugend. Im Romanischen witterte ich eine Möglichkeit. Estra/estiv (fremd/sommerlich), da war eine klangliche Korrespondenz, die dem Gedanken entsprach. Nur rhythmisch stimmte es noch nicht. Ich gab »sommerlich« in die Suchmaske ein. Und fand eine zweite Form: »da stà.« Und so ging es. Nun brach ich den zweiteiligen Gedanken in zwei Zeilen und bekam:

In üna lingua estra
tuot es da stà

Das war nicht viel. Aber es war eine kleine Insel, die mir gefiel, im Meer der neuen Sprache. Sommerlich. Und nebenbei hatte ich suchend einige Wörter gelernt, die von nun an zu meinem aktiven Wortschatz gehörten. (Wenn ich noch nicht mit den Einheimischen spreche, dachte ich, spreche ich doch wenigstens mit ihrer Sprache.)

Manchmal stand nicht ein Gedanke, sondern ein romanisches Wort am Anfang. »Chadafö« heißt auf Vallader »Küche«, aber wörtlich wäre Chadafö »Haus des Feuers«. (Leta Semadeni hat einen Gedichtband »Poesias da chadafö«, Küchengedichte, genannt.) Von diesem Wort ausgehend, wollte ich Häuser für die anderen drei Elemente bauen. Und mich dann fragen, wer in ihnen wohnt. In der Küche wohnt die Katze und trinkt Milch. Im Haus des Wassers wohnt die Erinnerung. Im Haus der Luft die weiße Eule. Was aber wohnt im Haus der Erde? Der Tod vermutlich, dachte ich. Und dann wollte ich doch nicht nur dunkel enden. Ich tippte »Tod« und »Sterben« in die Suchmaske, fand aber nichts, was ich als Antwort der Sprache akzeptiert hätte. Ich dachte an das Wort »Verbrennen« und dann an »Feuer«. Vielleicht gelang ein Ringschluß. Also suchte ich in der lexikalischen Umgebung von »fö«, Feuer, dem ersten Haus und Element des Gedichts. Die Suchmaske brachte eine lange Liste, darin stand auch: »fö e flomma«, das hieß wie im Deutschen: Feuer und Flamme, begeistert sein. Aber im elektronischen Wörterbuch stand auch »fögl« und »föglia«, das Blatt Papier und das grünende Baumblatt. Jetzt war die Lösung klar; die Sprache hatte geantwortet. Ich änderte die Redewendung »fö e flomma« in »föglia e flomma« und hatte damit neben dem Brennen, der Begeisterung, auch das Verbrennen im Haus der Erde:

Interiurs
Chadafö
Chà da l'aua
Chà da l'ajer
Chà da terra

Per la giatta chi baiva lat
Per l'algordanza
Per la tschuetta alba
Per esser föglia e flomma

Und in mir wuchs eine kleine, boshafte Freude daran, daß Gedichte, die von romanischen Wörtern ausgingen, so gut wie nicht zu übersetzen waren. Ich hatte Häuser gebaut, die es nur auf Vallader gab.

Mich freuten Wortnähen, die das Deutsche nicht kannte. Das romanische Wort für »Haut« ist »pel« und das Wort für »Wort« ist »pled«. Es entstand ein Gedicht »Pel mumaint«. (Ich konnte hier ausnutzen, daß »für den«, im Romanischen »per il«, zusammengezogen wird zu »pel« und damit »Für den Moment« auch »Momentane Haut« war, augenblickhafte Sprachhaut.)

Pel mumaint

Pled per pled
crescha la pel
da la lingua

Eu sgrafl aint
eu scriv
eu disegn lasura

Nus ans spelain insembel

(Interlinear: Für den Moment – Momentane Haut//Wort für Wort/wächst die Haut/der Sprache//Ich ritze hinein/ich schreibe/ ich zeichne darauf// Wir häuten uns zusammen.)

Indem ich romanische Gedichte schrieb, tat ich etwas, was ich als Lehrerin schon lange unterrichtete: Kreatives Schreiben im Fremdsprachenerwerb.

Poesie ist nichts Kompliziertes, sondern etwas Elementares. Johann Georg Hamann nannte Poesie die »Muttersprache des menschlichen Geschlechts«. Unsere erste Welterfahrung ist der Uterus, also Rhythmus und Rauschen. Lange bevor wir rational verstehen, begreifen wir die Botschaft eines Wiegenlieds. Wir lernen Sprechen über Gedichte, über Lautmalereien. Und mögen die Sprachen dieser Welt sehr verschieden sein, der Herzschlag, das Atmen der Mütter weicht wenig voneinander ab. Das Summen zum Einschlafen, der Abzählreim, das lautlich unterstützte Schaukeln auf dem Schoß ist das globale Klangbild erster Sprachauffassung. In »Allerleirauh« hat Hans Magnus Enzensberger eine Sammlung von Kinderreimen vorgelegt. Oft sind sie mit Berührungsanleitungen verbunden, bei jedem »Sälzchen,/ Schmälzchen,/ Butterchen,/ Brötchen,/ Kribbelkrabbelkrötchen«, wird das Kind an Wange, Stirn, Kinn usw. angetippt. Vorsemantisch erfährt es Sprache als körperlichlautliche Zuwendung. In Fingerspielen wie »Binki/Dalli/Rafti/Platti/Fausti« (Stubsen, Krabbeln, Schlagen mit dem Handrücken, der flachen Hand, der Faust) nimmt es Wortentstehung als taktile Bewegung wahr. Sprechenlernen ist im schönsten Fall Spiel und Sinnlichkeit.

Zumindest das Spiel sollte sich in den Fremdsprachenunterricht hinüberretten lassen. Kreatives Schreiben kann anknüpfen an ein rhythmisches, klangliches und bildliches Spracherleben, das sprachenübergreifend wirkt. Denn Fremdsprachenkompetenz und poetisches Vermögen sind nicht deckungsgleich. Ein Umstand, der gerade für »schwächere« Sprachschüler hilfreich sein kann. Ich werde nie einen jungen Chinesen vergessen, der, wie auch immer, in einer meiner Schreibgruppen mit Schweizer Muttersprachlern aufgetaucht ist. Er stammelte irgendwas von »schöne Sätze schreiben«. Er konnte praktisch kein Deutsch. Später erfuhr ich, daß er in seiner Heimat als Lyriker bekannt war. Er stürzte sich auf die Schreibspiele. Die Texte, die er vorstotterte, waren erst nach mehrfachem Vorlesen und gemeinsamem Rätseln zu verstehen. Aber sie waren interessant. Er hatte einen Blick, eine Sensibilität für Sprache. Und auf dem Weg der »schönen Sätze« machte er unglaubliche Fortschritte im Deutschen.

Es gibt Königskinder des kreativen Schreibens, die wenig Sprachkompetenz voraussetzen. Das schönste ist vielleicht das »Elfchen«, ein Gebilde aus elf Wörtern, die auf fünf Zeilen verteilt sind. (Erste Zeile: ein Wort; zweite Zeile: zwei Wörter; dritte Zeile: drei Wörter, vierte Zeile: vier Wörter;

fünfte Zeile: ein Wort). Das erste Wort gibt das Motiv vor (eine Farbe, ein Tier, ein Nahrungsmittel, ein Kleidungsstück u. a.); das letzte Wort versucht eine Pointe, einen Umschlag, ein Überraschen. Ein amerikanischer Deutschstudent schrieb mir ein Farb-Elfchen, das zugleich seine Situation als Sprachschüler reflektierte:

Braun
Hase frißt
Holz obwohl trocken
er schärft die Zähne
durchhalten

Walter Benjamin überliefert das »Fünf-Wörter-Spiel« aus den Salons des Biedermeier, als Menschen sich offensichtlich manchmal einen Abend lang mit Schreiben vergnügten. Die Aufgabe bestand darin, aus fünf Wörtern, die nicht zusammenpassen, kohärente und möglichst kurze Texte zu entwickeln. Das Genre war frei. Schon das Suchen von fünf nicht zueinanderpassenden Wörtern kann zum gemeinsamen poetischen Spiel werden. (Eine Wortschatzübung ist es allemal.) Denn als seien sie Seelen-Magnete, ziehen die Wörter Verwandtes und eben nicht das Fremde an. Im Widerstand des nicht passenden Worts aber liegt die Chance für Poesie.

Geht das Elfchen von einer extrem strengen Wort-Zeilen-Struktur aus, arbeitet das Fünf-Wörter-Spiel mit einem fixen, in sich spröden Minimalwortschatz, so können andere Schreibspiele thematisch orientiert sein. Der Anreiz zu schreiben kommt dann vom Gegenstand. Je mehr der Schreibende sich in eine Aufgabe hineindenken will, um so besser werden die Texte. (Etwa: Setze deine Eltern, selbst wenn sie getrennt leben, an einen Tisch deiner Wahl und schreibe die Szene.) Wer einen Grund hat zu schreiben, wen eine Sache interessiert, wer berührt ist oder nur etwas ausprobieren möchte, der wird sich bemühen. Instinktiv wird er in der fremden Sprache heimisch werden.

Nähe, ja Intimität im Fernen, im Unbekannten entsteht. Die Sprache selbst (als ein lebendiger Körper) kann dann die Rolle der antwortenden, der sprachspielenden Mutter übernehmen. Mit ihr zusammen wächst er.

»Es sind da einige deutsche Wörter, die mich sprechen«, formulierte eine amerikanische Deutschstudentin im Kurs. Der Satz, so semantisch falsch er ist, hat seine seltsame Wahrheit, die anders als im offenen Kinderland der Poesie nicht zu haben ist. Auch in einer Fremdsprache hat Schreiben etwas mit Vertrauen zu tun. Das lernende Ich wird Echoraum für Töne, Inventionen, Konstellationen, die noch nicht entschieden sind.

Das Vallader war nicht so höflich wie die Einheimischen. Aber es war so geduldig, auf mich zu warten, mich Gedichte schreiben zu lassen: freie Probeläufe für die Sätze auf der Straße.

Die Hirtin

Sie fürchtete sich nicht. Sie war sich selber Hirtin und eine ganze Herde aufschäumender Schafe. Die weiten Fluren waren grün und das Eislicht über den Bergen versprach eine Ordnung. Sie war darauf gekommen, ihrer Angst einen Namen zu geben. Damit sie ihr folge. Hund, hatte sie also gerufen, komm, komm, und schon tobte es um ihre Kniekehlen. Ihre Kniekehlen waren schmal und braun. Und sie spürte in ihnen das dicke Haar des Hundes und manchmal auch seine Schnauze.

Seither waren sie also zu zweit und hüteten ihre salzige Herde, die sich um sie drehte wie ein Wellenkleid. Vor diesen Bergwiesen möchte ich fromm werden, dachte sie. Und indem sie es dachte, war sie es wohl für einen honigblauen Augenblick.

Die Angst war wie der Wind. Sie durchfuhr die Herde. Sie nahm einem den Atem. Das wußte sie gut und sie hielt ihr Gesicht in das Wehen und der Hund bellte. Sie sah, daß es ein schöner Hund war. Nein, kein Windspiel, auch nicht, wenn ihr das Wort gefiel. Es war natürlich ein Hirtenhund, ein Hütehund mit schwarzem Fell und safranfarbenen Augen. Ein wenig war sie stolz auf ihn. Es war gut, daß er bei ihr blieb.

Sie fürchtete sich nicht. Sie sah hinunter in das Tal und hinüber zu den Bergen, es gab auch einen Gletscher. Ein weißes Auge im Fels. Dort lag schon Italien. Wir sind im Hochgebirge, sagte sie sich, wir sind eine Hirtin, eine Herde, ein Hund, und sie sah nach dem großen Hund, der um die Schafe rannte wie im Schwindel und in den Eiswind bellte.

Sie teilten sich Brot und Milch. Sie zogen weiter.

Manchmal kam der Hund von weither, und sie roch das Blut am Maul des Tieres. Sie faßte in ihre Kniekehlen. Ich habe dich bei deinem Namen gerufen, dachte sie.

IV Fluchten

Amsterdam, Herengracht 401

Ein Besuch bei Gisèle van Waterschoot van der Gracht und dem Castrum Peregrini

An welchem Ende soll diese Geschichte beginnen? Beim Urgroßvater Joseph von Hammer-Purgstall, dem von Goethe verehrten und in den »Noten und Abhandlungen zum West-östlichen Divan« verewigten Hafis-Übersetzer, bei seinem Wasserschloß Hainfeld in der Steiermark an der Grenze zu Ungarn, dessen eisernes Tor eine Tafel mit arabischen Schriftzeichen krönt? In seiner Bibliothek kopierte die zehnjährige Gisèle, geboren 1912 in Den Haag, aufgewachsen in Oklahoma, während eines einjährigen Familienaufenthalts Balladen von Walter Scott – zwar lagen dem Mädchen nur die Original-Handschriften vor, aber immerhin in einer Sprache, die Gisèle verstand. Sie half beim Archivieren und Ordnen der Bücher, lief Schlittschuh auf dem gefrorenen Burggraben, spielte Verstecken in den Himmelbetten, die ein geheimer Raum im Raum waren, und haßte das abendliche Sauerkraut, das Bedienstete mit weißen Handschuhen auf silbernen Tabletts präsentierten.

Meals were announced by a gong. From all quarters
We proceeded to the Speisezimmer,
My parents and two generations of uncles and aunts.
Uncle Ottokar wore twisted moustaches,
Aunt Fini a mysterious wig,
Aunt Helene brandished a tortoise lorgnette.

Oder wäre früher einzusetzen in ihrer Biographie, beim Vater W. A. J. M. van Waterschoot van der Gracht, einem angesehenen holländischen Geologen und Grubeningenieur, der seine Familie 1915 in den Wilden Westen brachte, wo er neue Ölfelder entdecken sollte? Hier wuchs die Kleine auf zwischen einem französischen Kindermädchen und Ponca-Indianern, Ballettunterricht und befiederten Ritualtänzen. Sie war die Jüngste unter drei älteren Brüdern, ein robustes Nesthäkchen, das mit den Eltern über die Kontinente sprang und überall zurechtzukommen schien.

Oder wäre Paris der Beginn für ihr Portrait? Als der Vater die 18jährige fragte: Was möchtest Du machen, Du kannst doch nicht aufwachsen wie ein Blumenkohl? – da hatte sie ohne mit der Wimper zu zucken geantwortet: Malerin. Der Vater schickte sie an die Seine. Finanzielle Schwierigkeiten riefen sie nach drei Jahren bald nach Holland zurück, wo die Eltern mittlerweile wieder wohnten (die Brüder waren in Amerika geblieben). Sie begann eine Ausbildung als Glasmalerin in Limburg bei Joep Nicolas. Aber als auch der 1940 nach Amerika auswanderte, mochte sie die Eltern nicht allein lassen. Im nordholländischen Bergen, einer Künstlerkolonie, die im Krieg eine weniger gefährliche Adresse zu sein versprach, lernte sie bei dem holländischen Dichter Roland Holst den deutschen Dichter Wolfgang Frommel kennen. Wolfgang Frommel, Sohn eines Pfarrers, der sein Leben in die Nachfolge Stefan Georges stellte, sollte wie wohl kein anderer Mann das Leben Gisèles bestimmen.

Oder hätte doch zunächst von der österreichischen Mutter Josephine von Hammer-Purgstall die Rede sein müssen, jener strengen Aristokratin mit dem schwarzen Samtband um den Hals, die über eine Cousine mit dem englischen Königshaus verwandt war und deren andere Cousine den letzten Kalifen von Ägypten heiratete und ein schönes Buch über ihre kurze Ehe unter dem Titel »Harem« schrieb?

Ein ganz anderer Einsatz wäre prägnanter. In den letzten Jahren des Zweiten Weltkriegs, als die deutschen Truppen Holland besetzt hatten, war es die knapp dreißigjährige Malerin Gisèle, die dem mittellosen, aber charismatischen Wolfgang Frommel half, in ihrer Amsterdamer Dependance Herengracht 401 jüdische Knaben zu verstecken und ihnen so das Leben rettete. 1992 erhielt sie das Verdienstkreuz der Bundesrepublik Deutschland. 1998 wurde ihr Name in Jerusalem auf die Ehrenwand der Gerechten geschrieben: Gisèle d'Ailly van Waterschoot van der Gracht.

Dann müßte also bald ihr Mann genannt werden, der überaus beliebte, aus einer alten Hugenottenfamilie stammende ehemalige Bürgermeister von Amsterdam Arnold d'Ailly, der seinen Beruf aufgab, sich von seiner Frau trennte (seine vier Kinder waren schon erwachsen), um – 1959 ein gesellschaftlicher Skandal! – die zehn Jahre jüngere katholische Malerin zu heiraten und zu ihr in die Herengracht zu ziehen. Während einer gemeinsamen Reise nach Griechenland entdeckten die beiden auf der Kykladeninsel Paros ein verlassenes Kloster über einer abgelegenen Bucht und begannen, es wieder herzurichten. Nach dem frühen Tod ihres Mannes sollte

Gisèle dort fast zwanzig Jahre lang alleine leben und malen, immer zwischen April und November, bis sie 1982, siebzigjährig, endgültig der wachsenden Zahl von Autos, Motorbooten und Touristen auswich und wieder ganz nach Amsterdam in die Herengracht 401 zurückkehrte.

Noch heute lebt die 92jährige dort, in einer Mehrgenerationen-Wohngemeinschaft mit zwei alten Herren und zwei jungen Männern. Abends trifft man sich in der gemeinsamen Küche, in der eine marokkanische Köchin die Speisen bereitet hat. (Morgens, bevor sie einkaufen geht, erfährt sie, wie viele Personen mitessen werden.) Die jungen Hausbewohner arbeiten für den im Haus ansässigen Castrum Peregrini-Verlag und die gleichnamige Zeitschrift, die, nach dem Krieg initiiert von Wolfgang Frommel, ohne Gisèle nicht existieren würden. Die älteren, Claus Victor Bock, 78, emeritierter Literaturprofessor, und Manuel Goldschmidt, 78, ehemaliger Direktor des Castrum Peregrini, stehen schon fast ein Leben lang miteinander im Gespräch. Sie waren Schulkameraden auf der Quäkerschule im holländischen Eerde und gehörten zu jenen Kindern, die vor über 60 Jahren bei Gisèle untertauchen konnten.

Hier also beginnen, in der Herengracht 401, einem Haus, das, wie ein Schiff spitz gegen Westen zeigend, gegen das Meer, gegen die Geschichte, sich in die Kreuzung zweier Grachten schmiegt: jetzt im Winter 2004 hoch oben, im Hinterflügel, wo unter dem gläsernen Zeltdach des Ateliers eine zierliche alte Dame in einem blauen Hemd weit die Arme öffnet und ruft: »Was ist die Zeit!« Gerade hat sie einen Anruf bekommen, stellt Euch vor, von einem Schiff! Ein Freund, ein Professor, habe ins Telephon gerufen: Gisèle, wir fahren gerade an deinem Kloster vorbei, Gisèle, hörst du? Und das sei doch wunderbar, so ein morgendlicher Gruß aus Griechenland, von Agios Joannis. Dieser Professor habe nun auch ein Haus dort, aber sie sei damals die erste gewesen, ganz allein, kein Strom, kein Licht. Der nächste Bauer wohnte eine gute Viertelstunde entfernt. Mit einem Esel brachte sein Sohn in Amphoren das Trinkwasser und mittags kam die Tochter mit dem Essen. Seht Ihr die Treppe? Sie dreht sich um und zeigt auf die weißgekalkten, halbwendigen Steinstiegen: Die habe ich von einem der Fischerhäuser dort abgezeichnet, ganz genau. Und dann habe ich sie hier bauen lassen. Ich habe ein Stück Paros nach Amsterdam gebracht.

Der große Raum öffnet sich im frühen Licht. Wenn Fischertreppen ans Wasser zu den Booten führen, leitet Gisèles Treppe in ihr Atelier zu ihrem Strandgut, ihren Bildern. »Rollende Tage«, ein Tableau aus blau-transparenten, sich überschneidenden Kreisen, setzt an die Stirnseite einen Horizont bewegter Himmelswolken und den Wechsel der Gestirne. Sie atmet tief durch. Diese Sonne, sagt sie und beschreibt mit den Händen einen Bogen – als könne ein Tanz beginnen oder als wolle sie den Glanz greifbar machen –, wie habe sie sich gefreut, als die Sonne heute morgen kam! In ihrem faltigen Gesicht stehen zwei große Augen wie blaue Glasfenster. Außerdem freue sie sich über den Besuch.

Kommt, sagt sie, das ist mein Paradies. Sie führt in die Tiefe des weißen Raumes. Monumental auf einem freien Felsen gezeichnet provoziert »Thalia« in einer Metamorphose mit Korallenhaar ihre ernstere Schwester »Polyhymnia«; auf einer

Staffelei schlägt eine abstrakte, weiß-schattige Kreismalerei in der Mitte ein Auge auf und wird zum unerwarteten Blick. Gisèles Dinge, Gisèles Bilder sind in einer Verwandlung begriffen. Dreht sie die Leinwand mit dem »Cock-eyed«-Tierkopf um 180 Grad, dann lacht er nicht mehr, sondern sieht nachdenklich aus. Auf der Leinwand daneben senkt, in den gleichen Meer- und Strandfarben gemalt, eine Taube auffordernd den Kopf. Sie haben etwas miteinander, sagt Gisèle, seht Ihr?

Die hellen Abschlußflächen der Aktenschränke unter den schrägen Fensterfronten sind Spielflächen für Ensembles von Muscheln, Knochen, Blättern, Rinden, Steinen, Seeigeln, Schwämmen. Und jeder Sims, Absatz oder Abstelltisch wird zur Bühne von Fundstücken, die überall ein von Gisèle inszeniertes Eigenleben beginnen. Kinder spielen so.

Das Leben hat sich hier ausbreiten dürfen, sagt sie, als staune sie über diese simultanen Konstellationen. Ich habe das Atelier geschenkt bekommen von meiner Tante Paula. Das war natürlich ein tolles Geschenk für ein siebzigjähriges Mädel! Und die Freunde haben gesagt, nun sie ist doch schon siebzig, ist das nicht vielleicht ein wenig übertrieben, so ein Atelier! Aber das sei jetzt 22 Jahre her. Sie kichert. Und ich genieße es jeden Tag. Und jeder Tag ist mir zu kurz. Am Boden stehen Vasen mit getrockneten Blumen, Orchideen blühen, Lianen ranken sich an Kakteen entlang, unbekannte tropische Pflanzen streuen unermüdlich winzige, karmesinrote Streusel. Ist es nicht ungeheuerlich, was wir Menschen erleben dürfen? Sie sieht über ihre Schätze. Sie legt die Fingerspitzen auf eine Rinde. Schaut, da habe ich gedacht, das sieht doch aus wie ein Rock. Und da gab ich ihr noch ein Blatt dazu und Blüten und schon war da eine Tänzerin. Einmal war sie blond, jetzt ist sie schon grau. Und hier dieses Gespräch – seht Ihr, wie dieser Vogel seinen langen Schnabel zu dem Frosch in die Schale steckt? Die Rosenblätter sind uralt. Zehn Jahre sicher sitzen die zwei schon so da.

Ihr Atelier ist ein weißer Dschungel, eine Kunstnatur, in der die Windung einer aufgelesenen Schnecke zur malerischen Initialzündung wurde für eine abstrakte Spiralbewegung und ein ausgeblichener Ziegenknochen die Urgestalt für eine moderne kykladische Göttin. Und von der Leinwand herunter sprechen die Gebilde ihrer Artistik zurück zu ihren natürlichen Ausgangsformen aus Stein, Schildpatt, Holz, Kalk, Feder, Chitin, Stroh. Ihre Strandgut-Argonauten fahren in einer Holzschale, gefüllt mit Sand, ein vom Pinselabwischen blaßbunter Malerlappen in seinen Falten ist ihnen das aufgewühlte Meer. Sie kommen aus den Anfängen der europäischen Kultur, und sie reisen zu den Ausgangsstoffen des Kreatürlichen zurück. Oder seht doch einmal diese Vasen, auf einmal zieht Gisèle einen Katalog über zypriotische Keramikfunde hervor. Sie blättert durch expressive Strichgeweihe, wild-eckige Rümpfe und Punktaugen. Wir kennen diese Tiere von Picasso, aber sie sind viel älter. Was ist früh und was ist spät? Was hat der Mensch vor 2000 Jahren angefaßt, und was hat er gestern gegriffen? Sie schließt und öffnet ihre kleine, sonnenfaltige Hand, als sei das, um was es letztlich gehe, immer elementar. Und als läge in dieser Bewegung Trost und verschwenderischer Mut.

Zwischen Kopien von griechischen Portraitbüsten steht ein jüngerer Kopf. Das ist der Buri, sagt sie, den habe ich einmal gemacht, der hat auch hier gewohnt. Von dem habe ich noch Geschenke aus den letzten Kriegsjahren, handgeschriebene Gedichte, genähte Puppen, Theaterstücke. Und von den anderen auch, das ist alles oben, ich zeig es Euch. Sie wischt sich die schulterlangen, glatten Haare aus dem Gesicht. Und auf einmal ist sie zurück in jener Männerwelt oder Knabengemeinschaft um Wolfgang Frommel, die sie als Portraitmalerin finanziell trug und als Frau mutig begleitete. In seinem autobiographischen Bericht »Untergetaucht unter Freunden« über die Jahre 1942 bis 1945, in denen er bei Gisèle versteckt war, nennt Claus Victor Bock sie eine »Räuberbraut«.

Es ist ja nicht nur um das physische Überleben gegangen, sagt sie. Denkt doch einmal, das waren Buben zwischen 14 und 20 Jahren, die monatelang, manche jahrelang nicht auf die Straße konnten, die aufpassen mußten, wenn sie aus dem Fenster sehen wollten. Meist haben sie nachts gelebt und tags geschlafen. Die hätten leicht verrückt werden können. Aber Wolfgang hat sie beschäftigt. Er hat ihnen Aufgaben gegeben, sie lasen zusammen, übersetzten, er initiierte sie in die griechische Dichtung, die Kunst, die Geschichte, die Welt von Stefan George.

Belehrung
Um welchen preis gibst du mir unterricht?
›Lass mich den sinn der in dir ist erfahren
Dass du dich in der wahren schönheit zeigst –
Dein rechter lehrer bin ich wenn ich liebe.

Du musst zu innerst glühn – gleichviel für wen!
Mein rechter hörer bist du wenn du liebst.‹

Sie führt uns die weiße Treppe hinauf. Rechts hinter einer Verglasung liegt das mit Kieseln aufgeschüttete Flachdach des Ateliers. Sie springt hinaus, an den mit Gesichtern bemalten Abluftrohren vorbei und zeigt über die Dächer Amsterdams, als schenke sie uns ihre Pracht. Ob das nicht schön sei. Und wenn es warm ist, dann trügen sie Matten herauf und picknickten hier. Sie steht am Rand. Sie ist schwindelfrei. Sie habe viele Jahre in Kirchen hoch oben Glasfenster kopiert und Glasmalereien angebracht, auch da drüben in der Kirche »De Krijtberg« und im Beginen-Hof, wart Ihr dort?

In diesem Hausensemble gehen Wohnungen ineinander über, verzweigen sich als Labyrinthe von Stiegen, durchbrochenen Wänden, Winkeln. Gisèle geht voraus in die Räume, in denen sie mit ihrem Mann gelebt hat. Hier sein Arbeitszimmer, eingedunkelte Buchrücken, von der Zeit patinierte Erinnerungen, dort der Intarsientisch von Joseph Hammer-Purgstall, aber sie winkt weiter. Da, sagt sie, da am Boden, wo jetzt die Pflanzen stehen, da war das Aquarium mit den Salamandern. Und jeden Abend, bevor wir hinaufgingen zum Schlafen, haben wir uns auf den Treppenabsatz gesetzt und die Salamander mit Würmern gefüttert. Sie hockten dann schon auf den Hinterbeinen. Das war sehr lustig.

Oben, neben ihrem Himmelbett, verwahrt sie einen guten Regalmeter Handschriften. Sie zieht ein Bändchen heraus, Weisheitssprüche, Gedichte, eine Anthologie der Freunde zum ersten Geburtstag nach dem Krieg, aber hier: »Der getreue Johann. Ein Marionetten-Spiel nach dem gleichnamigen Märchen von Grimm. 1943 von F. W. Buri in Bleistift geschrieben und mit der Hand eingebunden.« Ein Geschenk aus nichts, eine der Not des Verstecks abgerungene Kostbarkeit: der Einband Abfallpappe, die Bindung Metallklemmen, eine Handschrift wie gemalt mit einem Bleistift, einem Rotstift, einem Blaustift, die Verse rhythmisch makellos.

Am Tag darauf bitten wir Gisèle, uns den Film zu zeigen, den Cees van Ede, ein in Holland berühmter Dokumentarfilmer, vor sieben Jahren über sie gemacht hat. Aber Gisèle kann die Kassette nicht finden. Zwei Stunden später ist Cees van Ede da.

Gisèle strahlt. Der junge Regisseur elektrisiert sie. Sie flirtet. Wir trinken Kaffee, den Gisèle in dicken österreichischen Steinguttassen serviert. Which language are you talking, flötet sie, als sie das Ingwergebäck hereinbringt. Und spielend wechselt sie die Sprachen, hockt koboldenergisch auf einem niedrigen Baststuhl, die Hände auf die offenen Knie aufgestützt, um bei jeder Gelegenheit wieder aufzuspringen und ein Photo, einen Zuckerlöffel, einen Seestern zu bringen. Cees lacht und bleibt. Bei Gisèle sein heißt, Zeit geschenkt bekommen. Und dann sitzen wir alle vor dem Fernseher, nein Gisèle sitzt nicht, sie reitet – wie immer, wenn sie fernsieht – auf einem alten glitzerndbunten Karussellpferd, dessen Mähnenhals sie umschlingt. Als sie den Film zum ersten Mal gesehen hat, flüstert Cees uns zu, war sie enttäuscht, weil sie sich alt fand. Wir mußten lange miteinander sprechen und ihr versichern, daß sie mit 85 Jahren zwar alt sei, natürlich, aber auch ein Mädchen, immer noch ein wunderbares Mädchen.

Dann läuft der Film, und Gisèle sammelt im Schloßhof von Hainfeld Pfauenfedern auf und geht mit der gut neunzigjährigen Cousine Cleo durch die Hammer-Purgstall-Bibliothek, und nun sind wir mit auf Paros, wo sie, nach fast zwanzig Jahren zum ersten Mal, wieder ihr verlassenes Kloster besucht. Die Kamera begleitet sie zur Tür, sie ist verschlossen. Gisèle geht herum und sucht doch einen Einschlupf, ein offenes Fenster zum Schauen, eine Tür. Sie vergißt die Kamera, und dann steht sie auf der weißen Treppe, schmal, in einem langen Rock: die Silhouette einer Tragödin, ausgesetzt, präsent, sehr aufrecht.

Manuel Goldschmidt ist der einzige, der seit 1944 in diesem Haus wohnt. Es dämmert. Wir sitzen an einem Tisch am Fenster. Unter uns kreuzen sich die Herengracht und die Leidsegracht. In den vorhanglosen Fenstern gegenüber gehen die Lichter an und spiegeln sich im Wasser. Der Himmel ist hoch. Wegen dieses Blicks hatte Gisèle 1940 die drei Räume mit dem schmalen Flur gemietet, heruntergekommene Bürozimmer, die nicht zum Wohnen gedacht waren. 1942 zog Wolfgang Frommel fest ein. Gisèles Zimmer wurde die Küche, hinter einem Vorhang. Hier lebte man in der Enge mit den versteckten Kindern und Jugendlichen, mal waren es zwei, mal drei, oft nur vorübergehende, wechselnde. Manche waren deutsch-jüdisch wie Claus Victor Bock, der drei Jahre hier untertauchte, andere christlich-holländische Jungen, denen ein Abtransport in deutsche Arbeitslager drohte. Hinter mir stehen deckenhoch die Bücher von Wolfgang Frommel;

hinter Manuel Goldschmidt steht Wolfgang Frommels Sterbebett.

Wir haben ihn bis zuletzt gepflegt, Claus kam aus London zurück, wo er Professor war. Alle kamen. Nur am Ende hatten wir nachts professionelle Pfleger.

Herr Goldschmidt, Sie sagten im Film von Cees van Ede, das letzte Kriegsjahr, das Jahr, in dem Sie hier versteckt lebten, sei das schönste Jahr Ihres Lebens gewesen. Wie kann ich das verstehen?

Ich war Halbjude, ich war nicht so gefährdet, ich hatte einen Paß ohne das »J«. Es hatte für uns damals auch etwas wie Räuber-und-Prinzessin-Spielen. Wolfgang hat alles gewußt, aber er hat es uns nicht gesagt. Er sprach von der Gefahr der Arbeitslager, daß es dort kalt sei und so. Er sprach nicht von KZs und dem Tod. Diese Wohnung war ein intensiver Schutzraum. Wir lasen. Wir beschäftigten uns mit Kunst, mit Literatur. Wir waren eine Gemeinschaft. Es wurde viel gemeinsam vorgelesen. Wir schrieben alle oder malten. Man mußte nicht gut sein, aber man mußte diese Erfahrung machen, kreativ zu sein.

Nach dem Krieg waren Sie der engste Vertraute von Wolfgang Frommel. Sie sind viel mit ihm gereist?

Manuel lehnt sich zurück, sein Gesicht liegt im Schatten.

Ich habe ihm geholfen. Ich bin ein treuer, ein dienender, ich bin ein unsexueller Mensch.

Das gibt es nicht.

Er lächelt scheu, daß ich mich schäme. Das Zimmer versinkt im Nachtlicht der Gracht. Ich bitte, durch die Wohnung gehen zu dürfen. Bücher, Bilder, alte Fayencen. Hinter einem Bord steht ein weißes Klavier.

Das ist das Klavier?

Er nickt. Bei einer Razzia hatte sich Buri im letzten Augenblick darin verstecken können. Und Claus hatte einen ungenügenden tschechischen Paß gezeigt, worauf ihn der Gestapo-Mann mitnehmen wollte. In diesem Augenblick sei Wolfgang Frommel aufgestanden, habe dem Mann fest in die Augen gesehen und gesagt: DAS können Sie nicht machen! Worauf der sich räusperte, auf dem Absatz umkehrte, seinen Leuten: Alles in Ordnung zurief und verschwand. Solch unerklärliche Momente erzählen auch andere von Wolfgang Frommel.

Der in der Dämmerung versinkende Raum scheint gesättigt von Geschichten. Manuel Goldschmidt ist der letzte, der ihn belebt.

Nach dem Krieg entstand das Castrum Peregrini?

Nach dem Krieg hat Wolfgang seine Freundesadressen durchgesehen. Das wurden dann die ersten Abonnenten für die Zeitschrift. Wolfgangs Flaschenpost. Das erste Heft war den toten Freunden gewidmet.

Die Zeitschrift Castrum Peregrini, eine deutschsprachige Zeitschrift aus Amsterdam, erscheint seit 1951 unregelmäßig fünfmal im Jahr. Ihre Auflage liegt unter 1000, aber sie ist global; sie wird auf allen Kontinenten gelesen. Und auch heute gäbe es noch junge Männer, die sich für Stefan George interessierten, für dieses Gemeinschafts- und Kreisdenken unter dem Horizont von Dante, dem christlichen Mittelalter, Goethe, Nietzsche. Da komme immer wieder Post. Manche schickten Gedichte, in Georgeschrift mit schwarzer Tinte, andere möchten ein Volontariat machen. Ein Junge ist jetzt dabei, der mußte in der Schule Gedichte besprechen, und alle

Lyriker waren schon vergeben, nur George war noch zu haben. Da hat er ihn eben genommen. Und heute beginnt seine E-mail-Adresse mit der George-Zeile »komm in den totgesagten park«. (Was würde es jetzt bringen, hier mit Homoerotik anzufangen?)

Im Herbst und im Frühling treffen sich die Freunde zu gemeinsamen Festen. Sie tragen Kränze aus Efeu oder weißen Narzissen. Wer sich in den Räumen der Herengracht 401 bewegt, wird immer wieder an Türrahmen, über Bilderecken getrocknete Kränze finden.

Michael Defüster, ehemaliger Architekt, 47 Jahre alt, ist der jetzige Direktor des Castrum Peregrini. Er wohnt einige Grachten weiter in der sogenannten Komturei, einem großzügigen versteckten Hinterhaus, das das Castrum aus seinem Stiftungsgut vor einigen Jahren erwerben konnte. Hier finden regelmäßig Freundestreffen und Vorträge statt.

Zum Abschied fahren wir ans Meer. Es ist ein naßkalter, windiger Tag mit Fetzen von blauem Himmel, ab und an erscheint ein Stück Regenbogen über den Ebenen. Die Ausfallstraße führt an Spaarnwoude vorbei. Ob wir nichts von den Gräbern wüßten?

Gisèle und ihr Ehemann Arnold hatten bei einem ihrer Fahrradausflüge ans Meer diesen natürlichen Deich entdeckt mit einer Kirche, dessen Besiedlung auf 2000 v. Chr. zurückgeht. Heute gehört er zum Weltkulturerbe. Sie haben wohl an der Mauer gesessen und dann über diese Weite gesehen bis nach Harlem hinüber und beschlossen, hier begraben zu werden. Als einstiger Bürgermeister von Amsterdam konnte

Arnold das erreichen. Sie kauften acht Grabstellen. Acht? Ja, für die Freunde eben auch.

Im Grün der Wiese liegen graue Steinplatten wie riesige Bücher, deren eingemeißelte Lettern sich lesen wie Autorennamen auf einem selbstgeschriebenen Leben.

Apropos Alfred Andersch

Ein Besuch bei Hans Magnus Enzensberger

Pfauenaugen, Glas, Bücher. Bodenlange Vorhänge rahmen hohe Fenster, hinter deren Scheiben unkontrolliert ein struppiger Streifen Dachgarten wächst. Dann kommen schon die gestaffelten Häusergiebel von Schwabing. Was nicht in die Luft führt, führt zum bunten Wandteppich aus minutiös sortierten Regalen. Der Dichter schlägt die langen Beine übereinander und spielt mit der kalten Zigarette in der Hand. Und da ist es wieder, das alte Jungenlächeln, das Pilotenlächeln. Auf dem ovalen Biedermeiertisch steht eine flugbereite Pusteblumenblüte in einen Harzwürfel gegossen. Also zurück.

Es war einmal Stuttgart. Es war einmal der Süddeutsche Rundfunk. Es war einmal Alfred Andersch. Der neunte Band der neuen Gesamtausgabe liegt auf dem Tisch. Ein Lesebändchen markiert »Hohe Breitengrade oder Nachrichten von der Grenze«. Hans Magnus Enzensberger greift nach dem Feuerzeug.

> Fehlen des Holzes, also keine Wurzeln, Baumrinden, Astformen, Kronenbildungen, Querschnitte von Jahresringen. Stein als einziges Material für unbewegliche Zeichen: entweder als Petrefakt oder als geologische Großform. Versteinerungen von: Blättern der Sequoia, des Gingko, der Kastanie, der Weinrebe, der

Eiche, Gehirn, Ohren, Augen, Nerven, elektrische Organe des Urfisches Kiaeraspis, Schalen des Panzer-Urfisches Anglaspis, ferner Lamellibranchiaten, Brachiopoden, Crustaceen, Gastropoden, Bryozoen, Crinoiden, Anthozoen, Korallen, Spongien. Die Leitfossilien bilden ein Zeichensystem, das nur annähernd mit Wörtern wie Sterne, Haare, Fühler, Schuppen, Muscheln, Schwamm-Höhlungen, Schilder, Windungen, Wirbel, Spiralen wiedergegeben werden kann. (Rein funktionellen Ursprungs, liefern sie heute, jenseits der Geologie, ästhetische Informationen, die jedoch sprachlich noch nicht ›übersetzt‹ werden können, außer in Dichtung.)

Angefangen habe es in Baden-Baden. Er sei mit dem Studium fertig gewesen – »Der Universität zu entkommen war immer mein Ziel« – und habe beim Jazzpapst Joachim-Ernst Berendt volontiert, Tonbänder herumgetragen und dabei natürlich auch bei der einen oder anderen Redaktion hineingeschaut. Damals habe er sich für den schwarzen Humor in der französischen Literatur interessiert und ein Manuskript verfaßt: »Das schwarze Gelächter«. Das schickte er nach Stuttgart an Alfred Andersch, weil der da so ein Nachtstudio hatte. Andersch antwortete auch prompt. Und lehnte ab. Der Text sei sehr gut, er müsse aber als Zensor agieren. »Da waren vermutlich Obszönitäten drin, ich weiß das nicht mehr so genau. Es ist heute ja unvorstellbar, worüber sich Menschen damals aufgeregt haben. Aber Andersch schrieb am Schluß, ich solle doch einmal in Stuttgart vorbeikommen.«

Am 1. Oktober 1955 wird Dr. Hans Magnus Enzensberger, ein Mann von 25 Jahren, Assistent des Redakteurs Alfred Andersch beim Süddeutschen Rundfunk, Stuttgart. Andersch ist nicht nur fünfzehn Jahre älter. Als Sohn eines Offiziers, kommunistischer Jugendleiter, KZ-Häftling in Dachau, Wehrmachtssoldat, Deserteur an der italienischen Front, amerikanischer Kriegsgefangener, Herausgeber der Monatszeitschrift »Der Ruf« in der amerikanisch besetzten Zone, Autor des autobiographischen Berichts »Die Kirschen der Freiheit«, Gründungsmitglied der Gruppe 47 stellte er für den frischpromovierten Germanisten ein Stück jüngster Zeitgeschichte dar. Und Andersch kam aus dem harten Kern der deutschen Nachkriegsintelligenz. Zwei Jahre später sollte Alfred Andersch mit 42 Jahren seinen ersten Roman schreiben, »Sansibar oder der letzte Grund«, es ist das Jahr 1957, in dem Hans Magnus Enzensberger seinen ersten Gedichtband »Verteidigung der Wölfe gegen die Lämmer« veröffentlicht. In einer flammenden Rezension in den »Frankfurter Heften« feiert Andersch den neuen Autor, der »endlich, endlich« geschrieben habe, »was es in Deutschland seit Brecht nicht mehr gegeben hat: das große politische Gedicht«. Seine Besprechung des folgenden Gedichtbands »landessprache« wird den jungen Lyriker Enzensberger mit Heinrich Heine vergleichen. Und es war Alfred Andersch, der sofort jene Chiffre prägte, die Hans Magnus Enzensberger von Beginn an wie ein lable anhaften sollte: In Korrespondenz zu den »angry young men«, jener Szene britischer Autoren um Harold Pinter, Kingsley Amis, John Osborne, adelte er den blonden Jüngling aus Kaufbeuren zum »zornigen jungen Mann« der deutschen Literatur. Damit hatte die frühe Bundesrepublik nicht nur einen neuen Dichter, damit sollte eine neue poetische Ära beginnen.

Alfred Andersch war ein hochkarätiger Stratege des literarischen Marktes. Und er war bereit, sein Wissen weiterzugeben. »Er war jemand, der einen in die Obhut nahm und einem erklärte, was Medien sind, der einem auch die politische Seite dieser Industrie erklärte. Er hat all das erzählt, was man sonst mühsam nur nach und nach herauskriegt.« Sein Schützling lernt erschreckend schnell. Im Februar 1956 sendet Andersch im Radio Enzensbergers Essay »Die Sprache des Spiegel«, eine Ideologiekritik eben jenes Magazins, dessen sich Enzensberger von nun an immer wieder bedienen wird.

Eine überall vorkommende Groß-Form sind die Berge mit ›Eisbaumformen‹. Sie tritt auf, wenn Eis von Hochplateaus in die Rinnen steiler Wände einfließt. Oben breit aufgefächert, verjüngt sich der Eisstrom bis zum Fuß des Berges und bildet so eine Baum- oder Pflanzenform. Solche Eis-Bildungen sowie die Flechten sind die einzigen unbeweglichen Zeichen nicht-mineralischen Ursprungs. Aber diese wie jene kommen doch immer nur in Verbindung mit Steinen vor, sind stein-bedingt.

Alfred Andersch wird zum Mentor und – als Rundfunkredakteur – zum Brotgeber nicht nur für den jungen Enzensberger, sondern für eine ganze Reihe von Autoren. Für seine Redaktion arbeiten unter anderen Wolfgang Koeppen, Arno Schmidt, Ingeborg Bachmann, Helmut Heißenbüttel (der nach Enzensberger sein Assistent wird und schließlich sein Nachfolger). »Er hat nicht nur nach den Ideen gefragt, die einer hatte, er wollte auch wissen, unter welchen Lebensbedingungen er schreibt. Er hat einige Leute aus sehr schwierigen ökonomischen Situationen herausgeholt. Und das galt nicht nur für Stars. Er hat Leute erkannt; er hatte Antennen. Und dann hat er sich mit Emigranten beschäftigt, niemand hat die ja eingeladen damals. Er hat Leute aufgespürt, Sendungen mit ihnen gemacht. Und er hatte Kontakte, es gab Coproduktionen mit Frankreich, Italien, mit Schweden. Wer realisiert das heute noch? Er hat Beckett nach Stuttgart gebracht. Und Nelly Sachs für Deutschland wiederentdeckt.« Auch hier knüpfte der junge Lyriker Enzensberger an. Er portraitierte die jüdische Dichterin im schwedischen Exil und setzte sich später als Suhrkamp-Lektor für ihr Werk ein. Er wurde ihr Nachlaßverwalter.

Tier-Zeichen: Die Keilform eines wandernden Eisbären. Der leichte Paßgang zweier Ren-Hirsche unter pelzigen Geweihen. Die Schneefüchse streunen huschend. Robben gleiten in einer S-Kurve vom Eis in die See.

Wir rauchen norwegische Filterzigaretten. Der Dichter schenkt Kaffee in blau-weiße Tassen der Königlichen Porzellan-Manufaktur Kopenhagen. »Der Rundfunk war damals ein Leitmedium. Das Radio ist ein sehr schönes Format für Wortleute, auch wenn heute die Produktionsbedingungen nicht mehr so gut sind. Das Radio war damals staatsfern; die Politik konnte nicht darauf zurückgreifen. Und es herrschte ein Pathos des Neuen. Ernst Schnabel in Hamburg, Kogon in Frankfurt, die Kritische Theorie war da, das war für die damaligen Verhältnisse eine gute Schule. Andersch war dabei, aber er hat nie zu irgendetwas dazugehört. Über den Ungarn-Aufstand 56 haben wir uns dann ziemlich in die

Haare gekriegt. Ich war ganz dafür, und er sprach von Weißgardisten, Konterrevolutionären!Und später die 68er-Nummer hat ihm überhaupt nicht gepaßt. Wir haben uns schließlich gütlich getrennt. Ich hatte ja auch nicht die Absicht, eine Karriere beim Rundfunk zu machen.«

1958 zieht Alfred Andersch ins Tessin; 1961 Enzensberger nach Norwegen auf die Insel Tjøme. Beide haben sich entschlossen, als freie Schriftsteller zu leben. Enzensberger wird später für kurze Zeit Lektor im Suhrkamp-Verlag. Wenn man Bücher machen will, so seine Motivation, muß man wissen, wie ein Verlag von innen funktioniert. Andersch und Enzensberger bleiben in kollegialem Kontakt; man besucht sich gegenseitig. 1959 erscheint »Zupp«, ein Kinderbuch von Hans Magnus Enzensberger mit Bildern von Gisela Andersch. 1961 treffen sich die beiden Autoren beim 70. Geburtstag von Nelly Sachs in Stockholm.

> Gletscher. [...] Seine Starre ist nur scheinbar; in Wirklichkeit explodiert er in jeder Minute, sendet Pulverwolken von Schneestaub aus. Außerdem fliegen in seinen Spaltenhöhlen die Vögel ein und aus.
> Die Grenze. Das wichtigste Kennzeichen der Packeisgrenze ist, daß sie sich ständig verändert. Sie ist ein heraklitisches Zeichen.

Alfred Andersch ist heute Schulbuchlektüre. Die 2005 im Diogenes-Verlag erschienene, sorgfältig kommentierte Werkausgabe in zehn Bänden ist ein weiterer Schritt, aus einem gelesenen Autor einen Klassiker zu machen.

1990 überraschte W. G. Sebald mit einem posthumen Angriff auf Andersch, der einer Vernichtung gleichkam. Sebald warf Andersch vor, er habe sich aus Karrieregründen 1943 von seiner halbjüdischen Frau Angelika scheiden lassen. Der Herausgeber der Werkausgabe kann diesen Vorwurf aufgrund der Fakten widerlegen. Auch Enzensberger wehrt ab. Ihn ärgert die Haltung der Nachgeborenen, die sich zu Richtern machen. Das Wort vom »Mangel an moralischer Phantasie« fällt. »Sebald hat schlecht recherchiert. Aber natürlich hatte Andersch Grauzonen; das sind ja die interessanten Seiten an einem Menschen.« Und die Frage, inwieweit Anderschs jüdische Figuren, Franziska in »Die Rote« etwa oder Judith in »Sansibar oder der letzte Grund«, antisemitisch gezeichnet sind, wird jeder Leser für sich selbst entscheiden müssen. »Er war ein penibler Mensch, sein Schreibtisch war immer aufgeräumt, alles parallel, Bleistifte, Lineal, Papierstapel. Und von allem wenig. Er war pedantisch und hatte ein Kontrollbedürfnis. Und bis zuletzt hatte er ein politisches Problem. Irgendetwas wollte sich nicht lösen. Es gab eine frühe Prägung, eine geologische Schicht in ihm, die ihm geblieben ist, die aber keinen Bezug mehr hatte zu seiner eigenen Lebensrealität. Wenn er »Nattern und Schmeißfliegen« hörte, dachte er sofort, die Nazis kommen wieder. Da hat er überreagiert. Das Gedicht »Artikel 3« war eine solche Überreaktion. Aber er war eben nicht nur ein sturer Altkommunist! Es gab bei ihm diese Ambivalenzen. Er hatte einen leicht paranoiden Zug, und er war kein robuster Mensch. Von einer dicken Freundschaft wüßte ich nicht. Es gab bei ihm dieses Bedürfnis nach Distanz.«

Vollständige Abwesenheit künstlicher Lichtquellen während des arktischen Tags. Keine Feuer, kein Vulkanismus. Das Licht ist immer Himmelslicht, über dem Eis von unerträglicher Helligkeit. [...] Spezielle Phänomene: von Nordwesten und Norden einfallendes Licht, während der meist windstillen ›Nacht‹ in rötlicher Filterung; die Schatten fallen nach Süden. Eisblink«

Ein Sonnenstreifen fällt über den Tisch, den ewig flugbereiten Löwenzahn. Der Dichter steht auf und zieht die Pfauenaugen ein wenig zu. Was wichtig sei von Andersch, was ihm noch wichtig sei, heute? »›Kirschen der Freiheit‹ hat mich interessiert, die Zeit interessiert mich. In »Winterspelt« stehen interessante Sachen. Die Erzählungen habe ich gerne gelesen und natürlich die Nordlandreportagen. Die Nordlandreportagen sind vielleicht das beste, was er geschrieben hat. Und dann wäre noch zu sagen, daß ich ihm dankbar bin.«

V Coda

Es ist jetzt die Musik, die will

Gedanken zur Bachschen Kantate Nr. 73

Was für ein seltsam fremder und naher Satz: »Herr, wie du willt, so schick's mit mir, im Leben und im Sterben«! Dieser Text ist 429 Jahre alt. Er kommt aus einer Zeit, da die Reformation noch jung war. Und der Pfarrer und Dichter Kaspar Bienemann (fast noch ein Zeitgenosse Luthers) stand mit seinem Lied damals schon auf schwierigem Boden. Worin liegt denn die Freiheit eines Christenmenschen? Was vermag der menschliche Wille? Kann sich der Einzelne auf Gott zubewegen, so daß seine Glaubensenergie mit der Gnade eines gütigen Herrschers zusammenkommt? Hat er – Geschöpf einer höheren Macht – in seiner Hingabe an das, was ihn übersteigt, die kleine Chance, Einfluß zu nehmen auf sein Heil? Oder ist er ausschließlich auf eine unbegreifliche Huld angewiesen, die ihn erwählt – oder eben nicht erwählt?

In Kaspar Bienemanns Lied jedenfalls spricht ein Ich unmittelbar zu einem Du. In einem Akt absoluten Vertrauens übergibt dieses Ich seine ganze Existenz diesem anderen.

»Herr, wie du willt, so schick's mit mir« ist das bekannteste Lied von Kaspar Bienemann; es findet sich heute noch als Nr. 367 im Evangelischen Gesangbuch. Die Bachsche Kantate, die zitathaft mit diesem alten Choral beginnt, wurde am 23. Januar 1724 in Leipzig uraufgeführt. Im selben Jahr, nur einige Winterwochen, einige Frühlingswochen später, wurde am 22. April in Königsberg ein Junge geboren, der die europäische Geistesgeschichte verändern sollte. Mit Immanuel Kant erfuhr das abendländische Denken die definitive Wende hin zur Selbstbestimmung. Von nun an stand nicht mehr Gott im Mittelpunkt der menschlichen Existenz, sondern das autonome Subjekt. Zwar schloß Kant Gott nicht kategorisch aus, aber er schloß ihn nicht mehr unbedingt ein. Gott war eine Möglichkeitsform geworden: »Der Beweisgrund von dem Dasein Gottes, den wir geben, ist lediglich darauf erbauet, weil etwas möglich ist.« Erstmals sah sich der Mensch unter einem offenen Firmament und war vor sich selbst und den anderen Menschen (nicht aber vor Gott) für sein Handeln verantwortlich. »Zwei Dinge erfüllen das Gemüt mit immer neuer und zunehmender Bewunderung und Ehrfurcht, je öfter und anhaltender sich das Nachdenken damit beschäftigt: der bestirnte Himmel über mir und das moralische Gesetz in mir.«

Heute sind wir Kinder der Aufklärung. Wir haben gelernt, uns unseres Verstandes zu bedienen. Wir sind Wollende. Die Zukunft ist zu leisten; gerne sehen wir uns als Sieger unseres Daseins. Versagen, das wäre ein Luxus, den wir uns nicht leisten können. Was also machen wir mit so einem Satz: »Herr, wie du willt, so schick's mit mir«? Diese Worte drehen jedes strebende Erfolgsprinzip um. Sie hebeln das freiheitliche Wollen aus, sie werfen das Subjekt zurück in die Bindung an ein Du, dem es uneingeschränkte Autorität über sich einräumt.

Ich höre die Bachsche Kantate nicht als Gläubige. Sondern als Staunende. In diesem Text, in dieser Musik geschieht etwas, das mich berührt, unabhängig von jeder christlichen Glaubensbotschaft. Ich frage mich, was das ist. Vermutlich hängt es zusammen mit einer Spannung zwischen Wollen und Zulassen, Freiheit und Demut, Ich und Du.

Der erste Eindruck ist feierliche Heiterkeit. In den alten Choral läßt ein unbekannter Dichter mit Tenor, Baß und Sopran drei subjektive Stimmen hineinsprechen. Nachdem der chorische Eingang die ungebrochene Gotteszuversicht zitiert hat, setzt zunächst mit der Tenorstimme eine persönliche, widersprechende Klage ein: »Ach! Aber ach!« In wenigen Worten ist ein Mensch umrissen, der sich in einer ganz und gar aussichtslosen Situation befindet. Das Leben ist ihm eine Folter, und die Aussicht auf den Tod verspricht keine Linderung (»kaum will meine Not im Sterben von mir scheiden«). Schlechter kann es einem nicht gehen.

Über diese Hoffnungslosigkeit schreitet der Chor wie ungerührt hinweg mit der ganzen Kraft des alten Lieds. Worauf der Dichter eine ausgleichende Baßstimme antworten läßt, die zwischen dem Verzweifelten und der Glaubenssicherheit des Chors vermittelt, indem sie von Zuversicht spricht.

Und der Chor, wie ein Generalbaß der Glaubensstärke, singt daraufhin seine Schlußzeilen der Strophe, die den Willen Gottes fraglos über alles setzen.

Seraphisch reflektiert als dritte Solostimme der Sopran nun die nicht zureichenden Möglichkeiten menschlicher Erkenntnis. Gottes Wille bleibt ein versiegeltes Buch. Gegenüber Gott befindet sich der Mensch im ständigen Mißverstehen. Was als Ruhe des Todesschlafes gemeint war, fürchtet er als Eingang zur Hölle. (Der Tod als Schlafes Bruder, den der

Dichter hier zitiert, steht in einer antiken, nicht in einer biblischen Tradition.)

Der Mensch versteht sein Leben und Sterben nicht, es ist allein der Geist Gottes, der ihm zeigen kann, was für ihn gut wäre.

Das Collage-Ensemble (von altem Choral und neuen Rollen-Stimmen) wird nun abgeschlossen mit einem dreimaligen »Herr, wie du willt«. Dieses Textmotiv, wie auch sein musikalisches Pendant, das den ganzen ersten Teil umspielt und verbindet, werden im Fortgang der Kantate nicht mehr erscheinen.

Worin aber besteht der von der Sopran-Stimme versprochene Geist Gottes, der zeigt, was dem Menschen heilsam ist?

Als sei es die Antwort, folgt eine Tenor-Arie, die vom »Geist der Freuden« handelt. Rein logisch, vom Sinn der Worte her, lädt die Tenorstimme Gott ein, den Geist der Freuden in das Herz des Menschen zu senken. Faktisch aber evoziert dieses Singen genau das, um was es bittet. Es läßt die Freude anwesend sein. Der sehr kurze Text wird, Melodien ausmalend, Worte wiederholend (bis sie sich in Klänge auflösen), weit und verspielt gesungen, in immer neuen Koloraturen und Ansätzen, bis sich, lautmalerisch, das Singen selbst zu singen scheint. Und der »geistlich Kranke« gerät in ein Fluidum erlösender Heiterkeit.

Die musikalischen Figuren von »Freude« und »wanken« korrespondieren miteinander, ja das »wanken« wird musikalisch zum synkopierten souveränen Spiel mit der Unsicherheit. Dieses Wanken ist minutiös kalkulierte Stimmführung und von der sicheren Leichtigkeit eines gleichsam natürlichen Tanzes.

Im Grimmschen Wörterbuch wird das Wort »Freude« auch als ein Synonym von »spiel und lied« aufgeführt. Freude machen war noch lange ein Begriff für »Musik spielen«. Damit wäre der göttliche Geist der Freuden das Musizieren und der geistlich Kranke auch der, dem das Singen, das Spielen fehlte. Schon David spielte ja Harfe vor dem melancholischen Saul. Es war das einzige Mittel, den »bösen Geist« zu vertreiben.

Ein kurzes Baß-Rezitativ nimmt nun die Bewegung des Senkens als Spiegelfigur wieder auf. Wie sich Gottes Geist der Freuden ins Herz des Menschen senken sollte, so ist der Mensch nun aufgerufen, sich in Gottes Willen zu versenken. Dieses Baß-Rezitativ führt unmittelbar in die Baß-Arie.

Und von nun an ändert sich textlich wie musikalisch das Willens-Leitmotiv. Statt der Bienemannschen Zeile: »Herr, wie du willt« erscheint die Heilungsaufforderung aus dem Matthäus-Evangelium: »Herr, so du willst« (»Herr, so du willst, kannst du mich wohl reinigen«). Statt »wie« nun »so«.

Mit einem »So« beginnen auch die drei Strophen des unbekannten Autors: »So preßt ihr Todesschmerzen«, »So lege meine Glieder« und »So schlagt ihr Leichenglocken«. Das konditionale So, im Sinn von »wenn« (Herr, wenn du willst, kannst du mich wohl reinigen), wird umspielt mit dem konsekutiven »So« der Folge: »So also.« So also soll es sein.

Es geht in dieser Arie um die Bereitschaft zu sterben, ohne Angst. »Mein Jammer ist nunmehr gestillt« sind die abschließenden Worte, die der Dichter für die letzte subjektive Stimme der Kantate geschrieben hat. Sie stehen in direktem Gegensatz zur Verzweiflung der anfänglichen Tenorstimme, für die es selbst im Tod keine Erlösung gab. Was also ist geschehen? Warum ist der Jammer nun gestillt?

Immer wieder wurde in Kommentaren darauf hingewiesen, daß es in der zitierten Passage aus dem Matthäus-Evangelium doch um Heilung gehe und hier nun gerade nicht um Heilung, sondern um das Sterben. Vielleicht kann man das aber auch anders sehen. Ich höre es jedenfalls anders. Ich höre in diesem variierenden, freien Musizieren um den Geist der Freuden schon eine Heilung, eine Heilung von der Angst, vom Lebensschmerz, eine Heilung durch die Musik.

Bis zu der Schlußtextzeile »Mein Jammer ist nunmehr gestillt« ist das Willens-Motiv »Herr, so du willt« insgesamt neunmal zu hören. Danach gipfelt es aber am Ende noch in weiteren sechs musikalischen Spielarten auf. Hier findet ein ungeheures Aussingen statt.

Es ist jetzt die Musik, die will.

Und ich höre nach all den »So«-Varianten, die zwischen konditional, modal und konsekutiv schillerten, ich höre neben dem »Herr, wie du willt« »Herr, so du willt« auch ein: »Herr, so willst du es«! Herr, du willst dieses Musizieren, diese Freude. Und diese Musik ist mein Gebet, das vor dir gilt.

Zum Du des Gottvaters zu Beginn der Kantate, der die Geschicke des Menschen ganz und gar leiten soll: »Herr, wie du willt«, zum Du des Gottessohnes (aus dem Matthäus-Evangelium), der reinigend heilen soll, »Herr, so du willst«, käme dann ganz am Ende das Du, das Gegenüber der Musik. Sie lindert die Angst vor dem Leben wie die Angst vor dem Tod.

Weil es dieses Du der Musik gibt, kann die religiöse Tonkunst auch etwas von der Bürde des modernen, auf sich allein gestellten Ich mit fortnehmen. Und fast scheint es mir, als habe der Komponist an der Wende zur Aufklärung etwas von dieser neuen, gefährlichen Freiheit einer Autonomie der Kunst gewittert. Mit dem golden-schlichten Siegel eines Chorals, wieder aus dem 16. Jahrhundert, schließt er sicher diese Kantate. Der Choral (von Ludwig Helmbold, einem Philosophieprofessor, Pfarrer und Kirchenlieddichter) ist ein strahlend ungebrochener Lobpreis der göttlichen Dreieinigkeit.

»Herr, wie du willt, so schick's mit mir, im Leben und im Sterben« – diese fremde Zeile aus der Zeit der Reformation hat für mich ein Echo in einem Hölderlinvers, in dem es um die notwendige Erfahrung von Leid, Angst, Entzweiung geht:

> Alles prüfe der Mensch, sagen die Himmlischen,
> Daß er, kräftig genährt, danken für Alles lern'.

Der Vers entstammt der Ode »Lebenslauf«, einem Gedicht, das Hölderlin nach einer Liebes-Verlusterfahrung schrieb. Am Anfang steht das Bild vom Lebensbogen des Menschen, der aufstrebt und, nach der Erfahrung des Leids, sich krümmt, zurückgebogen wird. Aber erst in dieser Schmerzens-Biegung hat der Lebensbogen die Spannung für den Pfeil (der Freiheit, der Kreativität, der Kunst), der weiter reicht, als er allein es könnte.

Lebenslauf

Größers wolltest auch du, aber die Liebe zwingt
All uns nieder, das Leid beuget gewaltiger,
Doch es kehret umsonst nicht
Unser Bogen, woher er kommt.

Aufwärts oder hinab! Herrschet in heil'ger Nacht,
Wo die stumme Natur werdende Tage sinnt,
Herrscht im schiefesten Orkus
Nicht ein Grades, ein Recht noch auch?

Dies erfuhr ich. Denn nie, sterblichen Meistern gleich,
Habt ihr Himmlischen, ihr Alleserhaltenden,
Daß ich wüßte, mit Vorsicht
Mich des ebenen Pfads geführt.

Alles prüfe der Mensch, sagen die Himmlischen,
Daß er, kräftig genährt, danken für Alles lern',
Und verstehe die Freiheit,
Aufzubrechen, wohin er will.

Nicht in den Worten des Chorals, aber in der musikalischen Umsetzung von Bach höre ich etwas von dieser Freiheit, die sich der Demut der Leiderfahrung verdankt. Man kann an dieser hölderlinschen Schlußstrophe begreifen, wie kurzsichtig die strenge Entgegensetzung von unbedingter Hingabe an den Willen Gottes und moderner vollkommener Selbstbestimmung ist. Wir haben zwar die Freiheit aufzubrechen, wohin wir wollen, aber die Gabe der Freiheit ist ihrerseits etwas, das wir, Geschöpfe einer nicht erkannten Macht, uns nicht selbst zu verdanken haben. Sie wurde uns geschenkt.

Sei es der christliche Gott, das Bildnis der antiken Götter, die kosmische Natur des bestirnten Himmels, oder das Du der Kunst: In der einwilligenden Bewegung hin zu einem Gegenüber, das uns übersteigt, liegt eine ungemeine Entlastung.

Wir haben unser Leben eben nicht in der Hand.

Wir sind lange nicht Herrscher über die Natur. Und ohne Bescheidenheit kommen wir auch in der Kunst nicht weiter. Wir bleiben, bei allem sicheren Handwerk, angewiesen auf die Epiphanie, den entscheidenden Augenblick, den Moment, wo das persönliche Ich unwichtig wird und sich etwas ereignet, das sich unserm praktischen Willen für eine ewige Sekunde entzieht.

Einer dieser Momente ist (in dieser Kantate) für mich der Augenblick, wenn in der Schlußarie am Beginn der letzten Strophe beim dritten »willt« das Pizzicato einsetzt, und das kommende, körperschwere Wort der »Leichenglocken« tänzerisch mitnimmt in das unerschrockene und schon selbstvergessene Unterwegssein eines hilflos aufrechten Ich.

Flimmern

Das Kind schlägt die Augen auf und liest. Und im Vorgang des Entzifferns bildet sich ein erstes, noch unsicheres Begreifen. Das Kind ahnt, daß in der Ordnung dieser Zeichen etwas Vertrautes auszumachen ist und wiedererkannt werden kann. Suchend läßt es zu, daß Schrift und Vorstellung zusammenfallen. So liest es »Tor« und »Ton«. Es blinzelt, Buchstaben abgleichend, in den Einfallswinkel der Sprache. Doch stellt sich das Bild ein, ist es seiner Unsicherheit enthoben und glücklich angekommen.

In ihren schönsten Momenten ist Kindheit vielleicht ein immer wieder gelungenes Erwachen im Fremden. Ein kühnes Aufblicken, das sich Welt deutend erfindet. Zu meinen frühesten und abenteuerlichsten Erinnerungen gehört das katholische Hochamt, ein sonntägliches Gesamtkunstwerk mit Priestern im Ornat, Reihen von Messknaben, Weihrauch, lateinischen Kadenzen, Kerzenschein, Orgel, Glocken- und Glöckchengeläut. Ich nahm das hin wie Natur (wie den rauschenden Stadtwald, die wogenden Tabakfelder). Im rituellen Niederknien, Aufstehen, Setzen, Niederknien, Aufstehen lebte die Gemeinde als ein enormer Körper im Kirchenschiff. Und dieser Körper sang.

Ich verstand die Lieder nicht, aber ich liebte sie. Völlig schleierhaft etwa blieb mir, was das heißen sollte: »Tauet Himmel den Gerechten« oder »Meerstern ich dich grüße«. Aber das Bild von morgendlicher Gerechtigkeit auf den Wiesen fand ich schön. Und vermutlich lag im Wort »Meerstern« die erste Kinderidee von Freiheit.

Mein Lieblingslied war »Wachet auf, ruft uns die Stimme«. Auch wenn ich, zumindest später, die entsprechende Passage aus dem Matthäus-Evangelium über das Erkennungswort »kluge Jungfrauen« dem Lied irgendwie zuordnen konnte, wußte ich lange nicht, um was es letztlich ging. Denn Bibelstelle und Lied schienen von zwei vollkommen verschiedenen Welten zu handeln. Dort dieses kleinliche Aufsparen. (Warum wurden die Jungfrauen klug genannt, nur weil sie das Öl für die Lampen zur Begrüßung des Bräutigams nicht mit denen teilen wollten, die keines dabei hatten?) Und auf der anderen Seite dieser herzzerreißende Jubel. Ich liebte den aufsteigenden Dreiklang der Musik, wie von Hörnern, und »die Stimme«, diesen großartigen Wächter, »sehr hoch auf der Zinne«. Im Klangrausch feierte sich eine Freude, die zuvor »kein Aug' je gespürt« (was waren das für wunderbare Augen, die spüren konnten!), »kein Ohr mehr gehört« hat. Daß der Name »Herr Jesu« fiel, schien mir eher unerheblich. Es ging um Ankunft, um Hochzeit, um eine unglaubliche Stadt, deren Pforten zwölf Perlen waren. Und offensichtlich ging es um das Singen selbst. Denn die, die sangen, waren nah bei den Engeln in dieser Stadt, »hoch« um den Thron versammelt.

Auch wenn ich nicht verstand, verstand ich doch die ungeheure Überblendung. Das Hochzeitsfest schien gerade darin zu bestehen, daß Jerusalem, Zion und die Jungfrauen, getrennt und identisch zugleich, vielstrahlig leuchteten. Ja, es war Sprachlicht. (Später zitierte ein Freund Sartre: »Florence, c'est une ville, c'est une fleur, c'est une femme.«) Von der Stimme geweckt, ging der Chor in die Stimme ein, die eine Revolte des Jubels losbrach. Fraglos war »Wachet auf, ruft uns die Stimme« eine frühe Initiation in die Poesie.

Viel später las ich, daß der lutherische Pastor Philipp Nicolai dieses Lied während der Pest im ausgehenden 16. Jahrhundert in Unna geschrieben hatte, und ich lernte die Bachsche Kantate kennen. Ein Wissenshof um das Kirchenlied wuchs. Ob ein Text aber zur Erfahrung wird, ist wohl unabhängig von seiner Einbettung in einen Bildungshorizont.

Später dann fiel das Hohe Lied in den Echoraum einer komplizierten Sehnsucht. Und hier war sie auf einmal wieder, die Frau, die den Freund erwartet, er ist schon an der Tür und dann doch verschwunden. Sie läuft ihm nach und findet ihn nicht. Und die Wächter der Stadt sind hier niedere Wächter, die sie verletzen, ihr den Schleier nehmen. In ihrer Not bittet sie die anderen Jungfrauen, ihr suchen zu helfen. Und als die wissen wollen, woran man denn ihren Freund erkenne, erfindet sie Bilder, die »kein Aug' je gespürt«. Tröstend, ja befreiend in der Verzweiflung schien mir, daß sie die Liebe sagen konnte. Und damit teilbar machte.

Und dann kam der gute Wächter, der Freund. Er war der Wächter ihres Schlafs. An drei ganz unterschiedlichen Stellen des Hohen Lieds bittet er die Töchter Jerusalems inständig: »Weckt sie nicht!/Regt sie nicht/Bis sie selbst erwacht.«

Wie Buchstaben haben auch ganze Texte eine seltsame Bindungsfähigkeit. Sie heften sich aneinander, sie überlagern sich, knüpfen Bezüge im erinnernden Bewußtsein dessen, der sie liest. Und manchmal kommen sie gerade in einer rationalen Gegenläufigkeit zusammen. Der Weckruf des Kirchenlieds zur Unio Mystica mischte sich für mich mit der Stimme des Bräutigams, der den Schlaf der Geliebten und damit die gemeinsame Nacht bewahren will. So geriet das Bild des Aufwachens in ein paradoxes Flimmern zwischen Ichfindung und Ichverlust.

»Aber war es so nicht überhaupt«, könnte Brecht nun in unvergleichlicher Lakonie sagen. Ja, vermutlich war es so überhaupt. Deshalb schlagen wir die Augen auf und lesen weiter.

Bibliographische Angaben

Für die vorliegende Ausgabe wurden die Texte durchgesehen und überarbeitet.

Kirschbäume und frühe Zweifel, NZZ, 13. April 2002
Handtaschen, Erstdruck
Vater und das Fichtennadelschaumbad des KSC, NZZ, 3. Mai 2008
Gebäck, NZZ, 23. Dez. 2006
Fließendes Land, NZZ, 5. Jan. 2009
Seepferdchen, NZZ, 18.2.2006
Der Stuhl in London, in: Kurzer Aufenthalt. Streifzüge durch literarische Orte. (Festschrift für Thomas Scheuffelen), hrsg. v. U. Harbusch u. G. Wittkop, Wallstein, Göttingen 2007, S. 294–297
Gischt und Lagune, mare, Feb. 2004
»7 km« oder das Feld der Wunder, mare, August 2009
Nach Marienwerder gehen, in: Poesie und Stille. Schriftstellerinnen schreiben in Klöstern. Wallstein, Göttingen 2009, S. 209 – 232
Das Buch gehört dem König. NZZ, 9. Mai 2009
Gegenwelten – Weltgegenden, NZZ, 7. April 2007
Warum ich Reporterin bin, auch wenn ich Romane schreibe. Kurzes Querfeldein durch die Genres Essay, Reportage und fiktionale Prosa. NZZ, 8./9.3.2008
Lou und Geheimagent H_2O oder wie ein Schulhausroman entsteht, NZZ, 1. Feb. 2010
In üna lingua estra, NZZ, 11. April 2011
Die Hirtin, in: viceversa literatur 5, Jahrbuch der Schweizer Literaturen. Limmat Verlag, Zürich, 2011, S. 28
Amsterdam, Herengracht 401, NZZ, 8.1.2005
Apropos Alfred Andersch, NZZ, 14. Okt. 2006
Es ist die Musik, die will, in: Bach-Anthologie 2011. Hrsg. v. Michael Wirth im Auftrag der J. S.-Bach-Stiftung St. Gallen. Verlag Neue Zürcher Zeitung, Zürich, 2012, S. 19–25
Flimmern, NZZ, 22. Dez. 2007

Inhalt

FSC
www.fsc.org
MIX
Papier aus verantwortungsvollen Quellen
FSC® C014496

Verlagsgruppe Random House FSC-DEU-0100
Das für dieses Buch verwendete
FSC®-zertifizierte Papier *Super Snowbright*
liefert Hellefoss AS, Hokksund, Norwegen.

Satz: Uhl + Massopust, Aalen
Druck und Bindung: GGP Media GmbH, Pößneck

Printed in Germany.
ISBN 978-3-630-87391-6

www.luchterhand-literaturverlag.de